Sonya
ソーニャ文庫

五龍国戀夜

白ヶ音雪

イースト・プレス

contents

今は昔、彼の地に五柱の龍神《りゅうじん》おはしけり

神々は遥か頂《いただき》にて人の世を統《す》べ、あまたの恵みもたらし栄へさせたり
さるに龍神は人を愛し、人と交《まじ》はり、子を為《な》しき
その血を引きし者どもは、龍神の隠れたまひし後も始祖たる神の教へを守り、まれなる力もて人を治め、崇められたり

白龍が子孫は、氷雪《ひょうせつ》族が王とて
青龍が子孫は、藍樹《らんじゅ》族が王とて
黒龍が子孫は、闇冥《あんめい》族が王とて
紅龍が子孫は、華炎《かえん》族が王とて
また金龍が子孫は、王中の王とて皇帝の冠を戴けり

神の血薄れし今もなほ、人は龍神への畏《おそ》れを忘るることなく、いつしか五龍国と呼ばれし彼の地を守りつ暮らすものなり

五龍国史記　始祖龍之章第一項

皇　帝 ◇ 天子。五龍国始祖の一柱である金龍の血を引く。

皇　后 ◇ 皇帝の正妻。五龍国で最も貴い女性。

族　長 ◇ それぞれの一族、及び所領を治める長。
古くは『王』とも呼ばれた最高位の臣下。

太　師 ◇ 皇帝の師。国政に参与する中で、最高位の官職。

太　保 ◇ 皇帝の守り役。太師に次ぐ高位の官職。

中書令 ◇ 皇帝の側近。宮廷の文書、詔勅などを司る中書省の長官。

妃　嬪 ◇ 皇帝の側室たち。高位の者を妃、下位の者を嬪と呼ぶ。

女　官 ◇ 宮仕えをする高位の女性官人。

宮　女 ◇ 宮仕えをする下位の女性使用人。

序章

五龍国皇宮《こうぐう》が賢心殿《けんしんでん》。常日頃廷臣《ていしん》たちの会議のために使われているこの場所に、今宵《こよい》、数名の男が集められていた。

燭台《しょくだい》の炎が照《て》らす顔ぶれを見れば、いずれも朝廷において重職を担《にな》っている、皇帝の信任が厚い者たちである。だが、なぜ自分たちが集められたのか、彼らはわかっていないようだ。

「いったい、太師《たいし》はどうしてこんな夜更けに我らを呼び出されたのだ？」

「内密の話だ、誰にも告げるなと言われてまいったが、詳しいことは何も……」

戸惑いながら言葉を交わしていると、やがて戸が開き、ふたりの男が姿を現した。

ひとりはたっぷりと蓄えられた白い髭《ひげ》が特徴的な、仙人のような老爺《ろうや》。そしてもうひとりは、一見すると男女の別もつかぬほど麗《うるわ》しい容貌《ようぼう》をした、年若い青年だ。

「皆、揃っておるな」

ふたりの登場に、誰もが慌てて居住まいを正した。額《ひたい》の前で両手を突き合わせ、恭《うやうや》しく頭を下げながら、口々に告げる。

「太師と太保《たいほ》にご挨拶申し上げます」

太保、と呼ばれた青年は室内を見回すと、静かに扉を閉めて言った。

「どうぞおかけになってください。太師よりお話がございます」

慇懃《いんぎん》ながらも威容《いよう》たる声音《こわね》は、命じ慣れている者のそれだった。

皆、困惑に顔を見合わせながらも指示に従う。そうして全員が着席した頃、老太師がようやく口を開く。

「さて。本日皆をこうして集めたのは、他でもない。陛下の御婚礼にまつわる、大切な話をするためじゃ」

ここ五龍国を統べる若き皇帝、雷零《らいれい》の婚姻《こんいん》が決まったのは、つい三日ほど前のことだった。

雷零帝は齢《よわい》二十四。普通であれば、既に妃嬪《ひひん》が数人いてもおかしくはない年齢である。にも拘《かかわ》らず彼の後宮に、未《いま》だひとりの女性も迎えられていないのには、理由があった。

先帝――つまり雷零の父が大変な色好みで、彼の御代《みよ》において後宮が未だかつて類を見ないほど肥大しきってしまったせいである。

その結果、妃嬪たちによる熾烈《しれつ》な権力闘争が巻き起こり、皇宮のみならず国内の安寧《あんねい》と秩序までもが大いに乱されてしまった。

とりわけ、先の皇后が産んだ唯一の男児であった雷零は、我が子を帝位につけんと目論む女たちによって幾度も命を狙われてきた。

そんな状況を憂《うれ》えた賢臣《けんしん》たちは、雷零が即位した時のために、これまでの後宮のありかたを大幅に見直すことにした。

大勢の美姫を、ただ無差別に集めるのではない。皇帝に相応《ふさわ》しい――すなわち美しさと賢さ、徳の高さと貞淑《ていしゅく》さを併せ持つ貴婦人のみを、後宮へ迎える形にしてはどうか、と。

幼い頃からたびたび命の危機にさらされてきた雷零が、その提案に反対するはずもない。

「我々は陛下が即位なさる以前より、長年に亘《わた》って慎重に議論を重ねてきた。そしてようやく、お血筋も龍族としてのお力も申し分ない姫君を皇后としてお迎えすることと相成《あいな》った。しかし――」

そこで太師はふと、表情を曇《くも》らせる。

「過去のお辛い経験ゆえ、陛下は女人《にょにん》嫌いじゃ。妓女《ぎじょ》と遊ばれたことすらなく、女官《にょかん》さえ遠ざける始末。女人の扱い方をまったくご存じない。恐《おそ》らくこのままでは皇后をお迎えになっても、床入りすらままならぬじゃろうて」

するとそれまで黙っていた男のうちひとりが、合点がいったように口を挟んだ。

「なるほど、つまり太師は、婚礼前に閨房《けいぼう》指南役が必要だと？」

「左様。しかし、陛下に事前にそのことを気取られれば、不要とおっしゃるのは間違いない。ゆえに、そなたらを内密に呼び出し、意見を聞こうと思ったのじゃ。何せこのお務めは大儀である。並の者ではやり通せぬからのう」

太師の言葉に、皆一様に口をつぐんで考えあぐねる。やがて、それぞれが己の考えを述《の》べ始めた。

「高級妓楼《ぎろう》から妓女を呼べばよいのではないでしょうか？　経験豊富であることですし、後腐れない割り切った関係を結べるでしょう」

「名案とは言えぬな。金品などの謝礼だけならまだしも、身分や地位をねだってくる可能性がある。妓楼出身の者が先帝の嬪となり、好き勝手振る舞っていたのをもうお忘れか？」

「では、尚功局《しょうこうきょく》の女官の……確か翠琳《すいりん》殿といったか。彼女はどうだ。未亡人であるし、ご実家も名家。何よりふるいつきたくなるほどの美女だ」

「いや、翠琳殿は噂《うわさ》好きとして有名だ。陛下との閨《ねや》での話を言いふらし、それが新しい皇后陛下のお耳に入るやもしれぬ。口が堅い者でないと、とてもとても」

皇族に閨指南を行う相手ともなれば、ただ性技に優れているだけでは話にならない。それなりの地位や身分があり、口が堅く、『指南役』という分をわきまえ出しゃばることのない賢女《けんじょ》でなければいけないのだ。

妥協すべきではないが、すべての条件を満たす女性となるとなかなか難しい。

ああでもない、こうでもないと議論が飛び交う中、それまで黙っていたひとりが思い出したように口を開いた。

「……そういえばひとり、心当たりがあるぞ」

小さなざわめきが起こり、皆一斉にその人物のほうを向いた。

「身分は申し分なく、堅実かつ実直。その上男勝りの色好みで、元夫は腰砕けになって寝間から逃げ出し、そのまま離縁したとか」

得意げに告げられた言葉に、どっと笑い声がこぼれる。

「おお、まさに性豪と呼ぶに相応しいな！　そのような女人がこの国におったとは！　儂《わし》があと三十若かったら、一度お相手願ったのだが」

「わはは、貴殿も物好きだな。私は遠慮したい。女子《おなご》は淑《しと》やかであってこそだ」

「しかし陛下の閨指南役としては、これ以上好条件の相手もおるまい。離縁されたということは、さほど美人ではないということでもあろう」

「そうだな。万一、陛下が指南役に惚《ほ》れても困る。して、それはどこの誰なのだ？」

皆が好奇心と期待の目を向ける中、男は小さく咳《せき》払いをし、ややもったいをつけて答えた。

「――御年《おんとし》二十八になられる、氷雪族《ひょうせつぞく》の長《おさ》。名を、氷咲《ひさき》殿と申す」

「おお、かの女傑《じょけつ》と名高き姫君か！　さもあらん、その女人であれば陛下の御指南役として申し分ないな」

「何より彼の地は他の四部族と比べて貧しい。相応の謝礼さえすれば、喜び勇《いさ》んで飛んでまいることであろう。それにな、噂によるとあの女人――」

そこで男はふっと声をひそめる。

その場にいた者たちだけがなんとか聞き取れる声量で何事かを囁《ささや》いた。

「おお……」

「なんと……！」

驚愕の声が広まり、全員が一斉に太師へ視線を送る。

「太師、いかがでしょう？　これ以上ないほどの好条件と存じますが」

太保からの問いかけに、それまで口髭をいじりながら黙って皆の話に耳を傾けていた太師が、重々しく頷《うなず》いた。

「ふむ、よかろう」

そして彼は立ち上がり、皆の顔を見つめながら続ける。

「それでは数日の後、氷雪族の氷咲殿を御指南役として皇宮へお迎えする。これは国の未来に関わる大事《だいじ》である。各自、心して準備に臨《のぞ》むように」

「はっ。御意にござりまする」

室内に男たちの力強い返事が響き渡る。

かくして五龍国皇宮に、氷咲という名のひとりの寡婦《かふ》が呼ばれることとなったのであった。

第一章　氷雪の女族長

白い鳶《とんび》が上空を旋回しながら、ひっきりなしに鳴いている。

その姿を認めた氷咲《ひさき》は、唇に指を押し当て、勢いよく口笛を吹いた。

甲高い音が森中に響き渡ったかと思えば、鳶は白樺《しらかば》の隙間を縫うように滑翔《かっしょう》し、慣れた様子で氷咲の肩に止まる。

「よーしよし。いい子だ、夢藍《むらん》。梅花《ばいか》を見つけてくれたんだな？」

首のあたりを撫《な》でてやると、夢藍は甘えるように鳴いて氷咲の頬《ほお》に顔を擦《こす》りつけてきた。

すると、そのやりとりを聞いていたのだろう。氷咲より少し後ろを歩いていた男衆が、わらわらと足早に集まってくる。

「おい、夢藍が梅花ばあさんを見つけたらしいぞ」

梅花というのは、氷雪族の里で最高齢の老婆だ。今朝方、山菜やきのこを採《と》りに里外れの森へ出たものの、いつまで経《た》っても帰ってこないということで、皆で捜索に乗り出したのである。

「さすが長《おさ》の愛鳥。頼りになるなぁ」

「さ、夢藍。俺たちをその場所まで連れて行っておくれ」

夢藍は賢いが、非常に気位の高い鳥である。主人以外の命令を聞くことはなく、そのため男衆の呼びかけには決して応じようとしない。

ふいと明後日の方向を向いた愛鳥に、氷咲は改めて「頼む」と告げた。すると夢藍は先ほどの素っ気なさが嘘《うそ》のように素直に飛び立ち、森の更に奥のほうを目指し始める。

「私たちも行こう」

氷咲は雪を踏みしめながら夢藍の後を追った。

やがて切り株の上に腰を下ろし、痛そうに足首をさすっている痩《や》せた老婆の姿が見えてくる。傍《かたわ》らには空の籠《かご》が落ちており、きのこや山菜が散乱していた。どうやら食材を調達している際に転んでしまったらしい。

「おーい、梅花ばあさん！　大丈夫か？」

「転びでもしたんか？　もう年なんだから、いい加減無理するなって」

「うるさいね、ちょっと休憩してただけだ！　年寄り扱いするんじゃないよ！　あたしゃ、これでも若い頃は氷雪一の女傑として――」

男衆に威勢よく文句を飛ばしていた梅花だったが、その目が氷咲と夢藍の姿を捉えた途端、悲鳴のような声を上げる。

「ひ、氷咲さま！　夢藍さま！」

「梅花、無事でよかった。古傷が痛むのだろう？　私がおぶって行こう」

「とんでもない！　あたしはただの端女《はしため》でございます！　氷咲さまのお手を煩《わずら》わせるなど、面目次第もございませぬ！」

今にも地にひれ伏しそうな勢いで謝罪する老婆を手で押しとどめ、氷咲はかぶりを振った。

「寂《さび》しいことを言うな。お前は私にとって家族のようなものだ。それに同胞同士、助け合うのは当然のことだろう」

「氷咲さま、なんとお優しい……。ありがたきお言葉、痛み入ります」

涙すら浮かべ、両手で拝むような大仰《おおぎょう》な仕草《しぐさ》をし始めた老婆を前に、氷咲はなんとも言えぬ心地で苦笑した。

里の老人たちは、どうも自分を神か何かのように特別視しすぎる。何せ飼っている鳥にまで敬称を用《もち》いるくらいだ。

かつて族長が『王』と呼ばれていた時代の名残か、あるいは建国神話への信仰心によるものか。いずれにせよ、常日頃からもっと普通に接してほしいと言っているのだが、なかなか思うようにはいかないものだ。

「さ、帰ろう。お前たちは籠の中身を集めて、後ほど屋敷まで届けてくれるか?」

夢藍が再び鳴き始めたのは、氷咲が男衆を振り向いたのとほぼ同時だった。

山に異常が起こったことを告げる、鋭く甲高い鳴き声。それをきっかけに氷咲の聴覚は反射的に研ぎ澄まされ、さまざまな音を拾い始めた。

風。冬眠する動物の寝息。里の者たちの話し声。水汲み。薪《まき》割り。誰かのあくび。

耳慣れない衣擦《きぬず》れ。

足音。

そして——金属の擦《こす》れる音。

それらを認識した瞬間、氷咲は短く叫ぶ。

「よそ者だ! 里の皆に知らせろ」

そしてすぐさま身を翻《ひるがえ》し、森の外へ向かって駆け出した。数名の男衆が慌てて後に続くが、氷咲の速さにはとても追いつけない。

だが、彼らを待っている余裕はなかった。

(足音は八、いや九人……。足取りの力強さから言って、恐らく全員男か。武器も所持しているな。単なる護身用であればいいが——)

疾風《しっぷう》のように走りながら、氷咲は思考を巡らせる。

ここ白麗山《はくれいざん》は、一年のほとんどを雪と氷に閉ざされた険《けわ》しい土地だ。

雪解けの季節は遠く、短く、それゆえに旅人は遠回りしてでもこの山を避けて通る。里の住民以外が山中に足を踏み入れることは、滅多になかった。

それに氷咲がよそ者に敏感なのは、他にも理由がある。二十年ほど前、氷雪の里が人狼族のならず者によって襲撃を受けたことがあるからだ。

不運なことに、当時族長だった父はちょうど、皇都《こうと》での用事で里を留守にしていた。その上、身辺警護のため腕の立つ戦士を数名伴ってもいた。

それでも里の者たちは自らの家族や家を守らんと、武器を手に必死で応戦した。

結果、賊は全員討ち死に。一方氷雪の里は、負傷者を多数出しながらも死者は一名に留まり、長不在の状況としては、最小限の被害で済んだと言えるだろう。

(だけどもしまた、同じようなことが起これば)

当時のことを思い出し、不意に身震いしてしまう。

あの頃氷咲はほんの子供で、飛び交う悲鳴や怒号を前にただ震えていることしかできなかった。

(……落ち着け。今の私はもう何もできない童《わらべ》ではない。氷雪族の長だ)

そう自分に言い聞かせているうちに、ようやく見晴らしのいい場所まで辿《たど》り着く。

厚着をした男たちが山の八合目ほどを登っている姿が見えた。

(やはり里へ向かうつもりか)

外套《がいとう》を頭からすっぽりと被っており、その正体はわからないが、このままおめおめと里へ足を踏み入れさせるわけにはいかない。

氷咲は躊躇《ちゅうちょ》なくその身を宙へ翻し、急な斜面を勢いよく滑《すべ》り降りた。

雪が煙のように細かく巻き上がる。

小さな氷の礫《つぶて》が飛ぶたび、陽光を弾《はじ》いて玻璃《はり》のように光る。

身を切るような冷たい風になぶられ、後頭部で結った黒髪は馬の尾のように激しく揺れ、白い頬には銀鱗《ぎんりん》が浮かび上がった。

斜面に生える木々の枝を摑みながら滑降の速度を落とした氷咲は、腰から愛刀を抜き放ち男たちの目前で軽《かろ》やかに着地する。

「そこな者たち、止まれ。何者だ。なにゆえこの白麗山を訪《おとの》うた!」

愛刀の切っ先を向け、厳しく問いかける。

しかし、彼らは呆《ほう》けたような顔で氷咲を見つめ、一向に答えを返そうとはしない。

(人狼族ではないな。人間……いや、同族か)

目深に被った外套の下を注視していた氷咲は、彼らが龍人であることに気づき、ほんの少し警戒を和《やわ》らげた。

「我が名は氷咲。氷雪族が長だ。そなたらは何処《いずこ》の民か」

「あ、貴女《あなた》さまが……!! 失礼いたしました。あまりのお美しさに驚き、言葉を失っておりました」

応えたのは、代表者らしき年嵩《としかさ》の男だ。

(見えすいた世辞だな)

謙遜でも自虐でもない。

氷咲は自分自身を正しく評価している。嫋《たお》やかで繊細《せんさい》な女性が美しいとされるこの国で、氷咲の強く男勝りな言動は、その基準から大きくかけ離れていた。

ましてや、山の斜面を滑り降りるところまで見られたのだ。

苦い笑みをこぼす氷咲の前で、年嵩の男は外套を脱いで跪《ひざまず》く。

「突然の訪問をどうかお許しください。私どもは皇帝陛下にお仕《つか》えする者にございます。

此度《こたび》は貴女さまに緊要《きんよう》があり、使者として都より馳《は》せ参じました」

　すると他の男たちもまた氷咲の前に恭しく膝《ひざ》を突き、両手を額の前で合わせたまま頭《こうべ》を垂《た》れた。族長という立場に対する者の、最上級の礼だ。

「証拠は」

「中書令《ちゅうしょれい》からの書簡にございます。お検《あらた》めを」

　短いやりとりの後、年嵩の男が懐から銅製の文筒を取り出す。

　氷咲は刀を携えたまま注意深くそれを受け取った。筒に刻印された模様は間違いなく、中書省の高官が各地への重要な伝令や通達の際に用いるものと一致する。

　氷雪の里に最後にこれが届いたのは、先帝崩御の際。その前は、皇后崩御の際だったと聞いている。今回は悪い知らせでなければよいのだが。

「拝見する」

　そうして取り出した書簡には、役人らしい美しい文字でこう記《しる》されていた。

　敬愛なる氷雪族長　氷咲殿
　此度貴殿を皇帝陛下の閨房指南役として任命することとなった。
　疾《と》く皇宮へまいられたし。

書簡は中書令某《なにがし》と締めくくられているが、そんなことはどうでもよかった。

「……え？」

言葉の意味はわかっているはずなのに、文章がすんなり頭の中に入ってこない。

呆けたまま、氷咲はもう一度書簡の内容に目を通す。けれど何度見ても、内容が変わることはなく、

「ええ……？」

氷咲は再び、間の抜けた声を漏《も》らす羽目《はめ》になったのだった。

§

深更《しんこう》になり、民家の灯《あか》りがひとつ、またひとつと消えていく。

窓の外には恐ろしいほどの暗闇が広がっており、風は女の悲鳴のように激しくうねっていた。

白麗山に住み慣れた氷咲でも、こんな夜は早々に床につき、朝が来るのを待ち遠しく思うものだ。

しかし、今宵はそういうわけにもいかなかった。

「皇帝陛下の閨房指南役ですって!?　いったい皇宮の方々は、氷咲さまをなんだと思っていらっしゃるのでしょう！」

ほのかな燭台の火が照らす室内。

使者たちがもたらした書簡の内容を説明するなり、梅花がまなじりをつり上げて怒り始めた。

「しっ、梅花。声が大きい。客人たちに聞かれては、不敬とも取られかねないぞ」

人指し指を唇の前に立てながら、氷咲は注意深く気配を窺《うかが》った。

今夜、この屋敷には都からの使者たちが滞在している。

幸いにして今は皆深い眠りについているようだが、用心するに越したことはない。

「こちらへ。茶でも飲みながら話そう」

声をひそめながら梅花を居間へ促《うなが》す。玄関に近いこの場所ならば、風の音が多少の声はかき消してくれるだろう。

「白茶でいいか？　すぐに用意するから、座って待っていてくれ」

「氷咲さま、お茶ならあたしが……！」

梅花が慌てて言うが、まだ明らかに足をかばっている老下女に茶の支度を頼むなんて、とてもではないができるはずもない。

「いい。私がやるから座っていてくれ」

再度言えば、梅花は恐縮しながらもようやく椅子に腰掛けてくれた。

氷咲はそのまま使い慣れた厨《くりや》へ向かい、棚から茶器や鍋を取り出す。

水瓶から汲んだ水を鍋に注ぎ、それを竈《かまど》の上に置いて火を熾す。そんな一連の動作を見れば、彼女が常日頃からそういった家事をすることに慣れているのだと、誰の目にも明らかだろう。

実際、族長などと大げさな肩書きはあるものの、氷咲の暮らし向きは決して贅沢《ぜいたく》なものではない。住み込みの使用人は梅花ひとりだし、通いの手伝いが来るのも三日に一度だ。

そもそも氷雪という土地が他部族に比べて貧しいこともあり、幼い頃から自分の身の回りのことは自分でするよう躾《しつ》けられてきたせいだろう。

梅花はもっと族長然として振る舞ってほしいと言うが、人を顎《あご》で使うのはどうにも性《しょう》に合わない。

茶の準備を終えた氷咲は、盆の上に茶器をのせ、ついでに棚の中にあった籠を取り出した。昨日のうちに通いの使用人が作ってくれた、色とりどりの茶点《おやつ》が入っている。

「待たせた。ほら、熱いうちにどうぞ」

盆と籠を桌子《つくえ》の上に置き、湯気を立てる茶杯を梅花へ差し出す。自身も向かいの椅子に腰掛け、茶杯に口をつけた。

ぐっと一口。ふくよかな甘みと爽《さわ》やかな苦《にが》み、熱い液体が胃の腑《ふ》を満たし、ゆるやかに全身が温まっていく。

「皇帝陛下が后《きさき》をお迎えになるという話は知っているな？」

二口ほど茶を飲んだところで、氷咲は改めてそう切り出した。梅花が頷くのを見て、静かな声で話を続ける。

――先の皇帝、雷洞帝《らいどうてい》の御代《みよ》。

後宮三千人とも言われ、あまたの美姫たちが皇帝の寵《ちょう》を競い合っていた時代、華やかな舞台の裏側で多くの国民が苦難を強《し》いられていた。

寵姫《ちょうき》たちの贅沢のため税はたびたびつり上げられ、後宮に女を売って金を得るため、田舎の村々では女狩りが横行した。

後宮では権力闘争のため、毒殺や謀殺《ぼうさつ》、裏切りが絶《た》えず、いくつもの家が断絶にまで追い込まれた。

その結果、国内では盗賊や山賊が急激に増え、治安は悪化。それを好機と攻め込んできた人狼族との間で紛争が起こり、各地で死傷者が多発した。

雷洞帝の治世があと三年続いていれば、五龍国は滅んでいたかもしれない。そう言われるほどまでに、国民は苦難を強いられてきたのだった。

おかげで今上帝である雷零《らいれい》は、現在二十四歳という男盛りの年齢であるにも拘らず、妃嬪のひとりも迎えていない。

かつて氷咲が父から聞いた話によると、雷零帝の後宮に関しては、この国の未来を案じた忠臣たちによってたびたび議論が重ねられてきたらしい。

――雷洞帝のときのような暗黒の時代を二度と繰り返すまい。

そうした堅い誓いの下、これまでの後宮制度は一掃され、後宮へ迎える女性には厳しい条件が設けられた。

貴、賢、徳、淑といった基本的な四つの才に秀でていることはもちろん、何より皇帝の隣に並び立つに相応しい『力』を持っていることが重要視されるようになったのだ。

力とはすなわち、龍族として天から賜《たまわ》った祝福のこと。

祖先である神龍の気を濃く受け継ぐ、才能豊かで強い女性。それを見極めるため、もはや形骸化《けいがいか》されほとんど機能していなかった『呼龍之儀《こりゅうのぎ》』と呼ばれる儀式をも復活させることにした。

その結果、めでたくもひとりの姫が皇后となるべく選ばれたのである。

五龍国はその名の通り、五つの龍族から成り立つ国である。

神龍の中の王である金龍を祖先に持つ皇族、天閃族《てんせんぞく》。

白龍を祖先に持ち、雪深き白麗山に暮らす氷雪族。

大地を愛する穏やかな農耕の民、青龍の末裔《まつえい》である藍樹族《らんじゅぞく》。

一匹狼であった黒龍の血を引き、他一族との交流を積極的に行わない一方、一族同士の結束は非常に強い闇冥族《あんめいぞく》。

そして五龍国で皇帝に次ぐ富と権力を持つとも言われる、紅龍の子孫である華炎族《かえんぞく》。

今回、雷零帝の后として選ばれたのが、その華炎族長のひとり娘、紅彩姫《こうさいき》だった。

後々妃嬪を増やすかどうか現時点では定かではないが、少なくとも紅彩姫が皇后となることに異論を唱える声は出ていない。華炎の後ろ盾と呼龍之儀の結果は、それほどに説得力があるのだ。

「私は受けようと思っている」

端的に告げれば、梅花が口元を押さえながら妙な声をこぼした。危うく茶を吹き出しそうになったらしい。

「ど――どういうおつもりですか。お父上の妹君、氷咲さまにとって叔母《おば》君に当たる方が後宮でどんな目に遭《あ》わされたか……」

何度か咳き込んだ末、梅花は目を剝《む》きながら訴えた。

氷咲の叔母はかつて雷洞帝の妃として後宮へ上がり、懐妊《かいにん》が発覚した直後に階段で足を滑らせ、腹の子ともども命を落とした。表向きは事故として処理されたが、彼女に仕えていた女官曰《いわ》く、階段に油が撒《ま》かれていたとの話である。

後宮という閉鎖的な環境で起こった出来事である以上、いくら族長とはいえ追及は難しい。真相を究明することもできなかった父の無念はいかほどだっただろうか。

「お父上も、氷咲さまが後宮に関わることなど望まれていないはず。それに、氷咲さまはれっきとした氷雪族の長、世が世であれば女王さまであらせられるお方です。そんな、妓女や妾《めかけ》のような真似などしなくとも！」

想像していた通りの反応だった。彼女の主張はきっと正しい。

氷咲とて、何も悩まずこの答えを出したわけではない。

なぜ二十四歳にもなる皇帝に、そのような指南が必要だというのか。馬鹿げているとさえ思った。

しかし踵《きびす》を返そうとした氷咲に、使者たちは追いすがった。

『内密の話ではございますが、その、皇帝陛下におかれましては未だ女人を知らぬ身であらせられます』

そう、雷零帝は妃嬪どころか愛妾《あいしょう》すら持たず、妓女を呼んだことすらないというのだ。皇帝の后となる者は、基本的に男を知らぬ乙女と決まっている。

しかし、愛妾すら持たぬ雷零帝では、初夜に姫を傷つけてしまうかもしれない。あるいは本番で緊張のあまり使いものにならず、不名誉な噂が広まってしまうかも。

「ゆえに、后を迎える前に皇帝に女の扱いや、女を悦《よろこ》ばせる手練手管《てれんてくだ》を教える指南役が必要なのだと」

あえて梅花にこの話をしたのは、なぜ氷咲がこの話を受けようと決めたのか、遅かれ早かれ知られてしまうことになるのは間違いないからだ。

「皇宮は私がこの話を受けることによって、これまで以上に氷雪族への支援を厚くすると約束してくれた」

「と、申しますと……」

「食料や物資の提供、及び常駐医師の派遣だ」

雪深く険しい白麗山において、それがどれほどありがたい申し出か、長くこの地に住む梅花がわからないはずはない。

雪と氷に覆《おお》われた白麗山では特に食料が枯渇《こかつ》しがちだ。狩りで捕《と》れる獲物はそう多くなく、農作物も育ちにくい。

険しい土地ゆえに怪我人《けが》も後を絶たず、医師や薬は常に不足している。一応小さな診療所はあるものの、腕のいい医者は皆、他の地で働きたがり、薬師も月に一度しかやってこない。

そして山を下りるのに、常人であれば三日から四日はかかる。

願ってもない条件に氷咲はようやく頷き、そして今に至る。

「それは……だからって……。そんな、氷咲さまを犠牲にするような真似……。そうです、あたしたちは別に今まで通りの生活で十分です。それに、閨房指南役なんて氷咲さま以外でもよろしいじゃありませんか」

「私が最も適任なのだそうだ」

皇帝の権力に目が眩《くら》むほど賤《いや》しくもなく、情を交わした男に入れあげるほど若くもなく、責任を取ってほしいなどと面倒なことを言い出さないくらいには立場をわきまえた、口の堅い女。

使者たちはあえて明言しなかったが、かつて夫がいたことも大きいのだろう。古来より閨房指南役は、既婚者か未亡人と相場が決まっている。

「あたしは反対ですよ！　雷洞帝はかつて、この白麗山が人狼に襲われた際、援軍も寄越さなかったじゃありませんか！」

「わかっている。だが、当時皇太子であった雷零帝が、戦《いくさ》のために私兵を派遣してくださったことや、村の復興のために私財を投じてくださったことを忘れてはいけない」

氷咲は覚えている。雷洞帝が何の行動も起こさなかった一方で、父親のそんな態度に胸を痛め、できる限りの支援をしてくれた皇太子がいたことを。

きっと、横暴な父のやりように背《そむ》くのは相当の勇気と覚悟がいったはずだ。

「何より私は、この白麗山と一族の皆を、心から大切に思っている。皆の暮らしを楽にするためなら、喜んで皇宮へ赴《おもむ》こうと思っている」

「氷咲さま……」

梅花がいたく感動したように涙ぐみ、すんと洟《はな》をすする。俯《うつむ》いてしばらく唇を噛《か》んでいた彼女は、やがて勢いをつけて顔を上げると、氷咲の両手をしっかと摑んだ。

「氷咲さまがそうまでおっしゃるのであれば、不承このあたしが、精一杯お力添えをさせていただきたく思います！　お役に立てることがございましたら、何でもお申しつけください」

「ありがとう。お前にそう言ってもらえて、とても心強いよ」

そう言って微笑《ほほえ》む表情に、悲壮《ひそう》感は一切ない。むしろこれから戦地へ赴く戦士のような、不思議な雄々しささえ感じられる。

そう、賢心殿《けんしんでん》で廷臣たちが話していた内容は、あながち間違ってはいない。

申し分のない身分、堅実かつ実直。その上男勝りな性格。

だがひとつ、致命的かつ大きな勘違いがあった。

「そうだな、さっそくだが頼みたいことがある」

「なんなりとおっしゃってくださいませ」

「その……」

たっぷりと間を取った末、氷咲はやや頬を赤らめながら密《ひそ》かな声で囁いた。

「閨房術に関する書物を、いくつか集めてほしい。できれば、ええと……。初歩的なものから選んでもらえれば助かるのだが」

――そう。

色好みで夫を腰砕けにした性豪などとんでもない。

氷咲はむしろ、元人妻だったにしては異常なほど、その手の知識に疎《うと》かったのである。

§

一方皇都。

天気のよい昼下がり、皇宮のとある一室にて、ひとりの男が指先で苛々《いらいら》と桌子《つくえ》の上を叩いていた。

年の頃は二十代半ば。

金色の冠を戴いた、猩猩緋《しょうじょうひ》のごとき赤い癖毛《くせげ》に、苔《こけ》のような深い緑色の瞳が特徴的だ。

男らしくもどこか気品の漂う精悍《せいかん》な顔立ちと、大柄な体軀《たいく》は、誰の目からも文句のつけようがない偉丈夫《いじょうふ》である。

しかし、太く雄々しい眉の間には深い皺《しわ》が刻まれており、唇は大きくへの字に曲がっており、まるで我侭《わがまま》が通らなかった子供のようだ。

「陛下、晨雨《しんう》でございます。少しよろしいでしょうか」

「入れ」

外から扉が叩かれ、男――五龍国皇帝、雷零はぶっきらぼうに入室を促した。

「失礼いたします。藍樹族より、前年の冷害による作物への影響について報告が上がってまいりました」

扉の向こうから現れたのは、ひとりの男だった。

彼は雷零の乳兄弟であり、ここ五龍国の太保である。

ゆるく結ばれた射干玉《ぬばたま》の髪に、長い睫毛《まつげ》に縁取られた、濡れたような黒い瞳。鼻筋はすっと通って高く、薄い唇はほのかな紅に色づいている。

およそ『麗人《れいじん》』という言葉がこれ以上似合う人間も、なかなかいないだろう。

煌《きら》びやかな男物の衣裳を身につけているものの、一見すると〝女性〟と見紛《みまが》うばかりの容姿には、不思議ななまめかしささえ感じられる。

「——以上が使者からの報告となります」

頭を下げたまま淡々と言葉を続けていた晨雨が、報告を終えふっと顔を上げる。桌子の上に山積みになった書類に気づき、軽く片眉を上げた。

「……まだ終わっていなかったのですか」

「悪いか」

ふてくされた返事に、晨雨は呆《あき》れたようにため息をついた。

「悪いに決まっております」

断ち切るような指摘には、一切の遠慮というものがない。主従である以前に乳兄弟の間柄であるふたりに、今更そんなものがあろうはずもないが。

「陛下」

改まった口調で呼ばれ、雷零は、しぶしぶと体勢を整えた。桌子から肘を下ろし、若干傾いていた冠を正す。

一応背筋を伸ばして腰掛ける殊勝《しゅうしょう》さは見せたものの、不機嫌な表情まで取り繕《つくろ》うことはできなかった。

「何をそのように不満そうな顔をなさっておいでなのですか」

「……わかっているくせに」

唇を尖らせながら、雷零は告げた。

その手には毒々しいほど真っ赤な玉の飾られた、金色の簪《かんざし》が握られている。

「余《よ》は后《きさき》などいらぬ……」

「何回聞かせる気ですか。もう耳に胼胝《タコ》ができそうですよ」

「いらぬと言ったらいらぬのだ！　余は一生独り身でよい！」

「はいはい、それは聞き飽きました。我侭を言わないでください」

気の立った子犬をなだめるように軽くあしらう様子からは、彼らがこれまで何度となく同じようなやりとりを繰り返していたことを窺わせる。

実際、表立って噂にならないよう周囲が注意しているだけで、雷零が后を迎えたくないと訴えたのは一度や二度ではなかった。

「いいですか、陛下がそんなことばかりおっしゃっているせいで、私は太師から問い詰められたのですよ？」

「太師がなんと？」

「〝儂にだけ正直に教えてほしい。陛下と太保は、実はただならぬ仲なのではないか……〟と。至極深刻な表情で」

思わず苦々しい顔をした雷零に「もちろん否定しましたが」と付け加えた上で、晨雨はこう続ける。

「まあ太師の戯れはさておき、陛下にはこの五龍国の皇帝陛下として、子孫を残す義務がありります。華炎族長の炎雄《えんゆう》殿はもうすっかりこの婚姻に乗り気ですし、紅彩さまだって……」

ちら、と晨雨が簪に視線をやった。

五龍国では意中の相手に、自身の簪を贈ることで好意を伝えるという、至極奥ゆかしい伝統がある。

これは華炎族長の掌中《しょうちゅう》の珠《たま》、紅彩姫が常日頃身に着けているという品だ。

「いったい紅彩さまの何がご不満なのです？　四部族中最も力のある華炎族長のご息女で、琴棋書画《きんきしょが》の才に優れた淑女《しゅくじょ》。龍気も強く、何より容姿端麗《ようしたんれい》な姫君ですよ？　先日届いた文だって、なんとも流麗な手跡《しゅせき》で綴《つづ》られていて……」

件の文の内容を思い出し、雷零は二日酔いのような気分になった。

――幼い頃からずっと貴方《あなた》さまをお慕《した》いしておりましただの、早くお側にまいりたいだの、子を産みたいだの――。

冗談ではない。

雷零と紅彩は従兄妹《いとこ》同士である。母同士が姉妹で、その関係もあって小さな頃は晨雨も交えてよく一緒に遊んだものだ。

「余は紅彩のことを妹のように思っているのだぞ？」

彼女のほうも同じだと思っていたのに、なんだか裏切られたような気分である。

「それに、そんなに紅彩が素晴らしい女人だというのなら、そなたが――」

言いかけて、雷零は口をつぐんだ。さすがにこれは八つ当たりが過ぎる。

「陛下のおっしゃりたいことはわかります。ですが、仕方ないではありませんか。これは議事にて決められたことですし、承認したのは他ならぬ陛下です」

「それは……っ。ろくでもない相手を后に迎えるくらいならば、紅彩のほうが幾分かマシだと言っただけで……」

自分が理不尽なことを言っているのはわかっているだけに、反論はどんどん尻すぼみになっていく。

そう、わかっているのだ。

皇帝として后を迎えねばならないことも、子孫を残さねばならないことも、忠臣たちが国のためを思って候補を選び抜いたことも。

『呼龍之儀《こりゅうのぎ》』

満月の夜、霄龍泉《しょうりりゅうせん》と呼ばれる神聖な泉に、血のついた布を浸し、その者の龍族としての力を測るという儀式である。

五龍国では現在、国民から龍気が徐々に失われつつある。それは龍人族が長き時を経《へ》て、人間族と交《まじ》わってきたためだ。

ゆえに呼龍之儀で力を測ることで、皇帝の血を残すに相応しい女性を探す。そうすれば、皇族の中に流れる龍の血は薄まることなく、永久にこの国を守護できる――。

そう考えた賢臣たちが儀式を復古させたのは、雷零が十歳のとき。それにより雷零と年の近い貴族の子女たちが皇宮に集められ、儀式に臨んだ。

そして、中でも図抜《ずぬ》けた力の持ち主であった紅彩が今年ようやく結婚適齢期の十八歳を迎えたことで、とんとん拍子に彼女の後宮入りが決まったのである。

とはいえ、力の強い者同士が子をなせば強い子が生まれるというのは、いささか短絡的ではないかとも思う。

雷洞帝は龍気をほとんど芽生えさせることなく一生を終えたし、雷零の母は華炎出身の

后であったが、力はどちらかというと弱く、人間に近かったらしいと聞いている。

にも拘らず、そんなふたりの間に、歴代最強とも呼ばれる龍気を宿《やど》して、雷零が生まれてきた。

恐らくは先祖返りが強く表出したのだろう。

雷零が生まれたその日、都にはこれまでにないほどの雷鳴《らいめい》が轟《とどろ》き、大地は歓喜するように揺れたという。人々はそれを、天からの祝福と称して大いに沸《わ》いた。

しかしその一方で、大きな犠牲も出た。

雷零の母だ。

胎児の血があまりに濃いと、母体はすべての栄養を喰《く》らい尽くされ、子を産むという役目を終えた後は塵《ちり》となってしまう。まるで、祖先から受け継いできた龍気に喰らい尽くされるかのように。

もちろん雷零の子だからといって、必ずしも龍気が強く現れるとは限らない。

けれど可能性が零《ゼロ》ではない以上、龍の血が薄い娘に雷零の血を引く胎児を腹に宿せというのはあまりに酷だ。

ゆえに、年齢や身分、資質や体質を考慮した上で紅彩が后として迎えられるのは、これ以上ないほどの最適解であると言えた。

にも拘わらず雷零が今こうして不機嫌そうにしているのには、理由があった。

端的に言えば、女嫌いだからだ。

まだ冠礼《かんれい》――成人の儀すら終えていなかった皇太子時代、雷零にとって女は獣《けもの》にも等しかった。常に男に飢《う》えた目で雷零を舐《な》め回すように見つめたり、卑猥《ひわい》な言葉を投げかけたり、物陰に連れ込むような不届き者さえいた。

いくら腕力が勝《まさ》っていようと、女を相手に本気で手を上げることができる男がどれほどいるか。

そのたびに運よく逃《のが》れてきたものの、当時幼かった雷零の胸に刻まれた「父の女たちに迫られる」という恐怖は、その後の彼の人生に大きな傷を残した。

そう。つまり雷零は、女が嫌いというよりは女が怖いのである。

后を迎える時期が遅れたのはひとつにはそういった理由があったのだが、晨雨や一部の忠臣を除き、それを知る者は決して多くない。

「ともかく、今更紅彩さまの入内《じゅだい》を反故《ほご》にすれば、炎雄殿が一族郎党率いて皇都に攻め込んでこないとも限りません」

「はっ、あの爺《じじい》ならやりかねんな」

炎雄は雷零から見て伯父に当たる相手だが、野心に溢《あふ》れ出世欲の強いところが、昔からどうにも苦手だった。

「笑いごとではありませんよ。陛下には、雷洞帝の乱れた治世によって失墜《しっつい》した皇宮への信頼や求心力を回復する使命があります。今は国内の結束を強め、新帝として足場を固めるべきとき。華炎と事を構えている場合ではございません」

真っ向から正論で説き伏せられ、雷零はとうとう押し黙るしかなかった。

父の敷いた悪政がどれほどの国民を苦しめてきたか、皇太子としてずっと側にいた自分が知らないはずがない。

どんなに繰り言を口にしたとて、紅彩を后として迎えるしかないことを、本当はきちんと理解しているのだ。

だが、頭では理解していても感情が追いつけない。

それなのに、この期に及んで晨雨は更にとんでもないことを言い出した。

「ああ、そうでした。これから二ヶ月の間、氷雪族の長、氷咲殿が後宮に入られます」

「氷雪の……族長が？　なぜ？」

困惑しつつ、どこか嫌な予感を抱《いだ》きながら問い返す。

そして晨雨の返した答えは、雷零が予想しうる限り最悪のものだった。

「紅彩さまとの初夜に陛下が童貞《はじめて》だと、色々と不都合が生じます。ですから、閨の御指南役をお願いしたのです」

§

（これはなんなのだろう）

桌子の上に並べられた数冊の書物の中から一冊を手に取り、氷咲は眉根を寄せた。

『夫婦円満の秘訣　夜の巻』

『男女の営み　入門編』

『愛の極意、そのすべて』

これらは、梅花が選び抜いて届けてくれた、閨の作法を記した書物だ。

中には精緻《せいち》な挿絵と共に、女人が閨でどのように振る舞うべきか、いかに男性をあしらうべきかといった作法が記されている。

いったいどんなどぎついことが書かれているのかと、おっかなびっくり開いて見たものの、その内容は非常に平易でわかりやすかった。

もちろん裸で絡《から》み合う男女の絵に初めは少しぎょっとしたが、いわゆる春画《しゅんが》とは違って、劣情《れつじょう》や興奮を煽《あお》るようなものではない。淡々と描かれたそれは、あくまで『閨の教科書』

としてのものだった。

そう、とある一冊を除いては。

その書物の装丁は、鮮《あざ》やかな桃色をしていた。

題名は『桃色秘事伝』。

中を開いてみれば、他の書物とは違って挿絵がひとつもない。ただそれだけなら、氷咲もこれほどまでに困惑することはなかっただろう。

問題は、そこに記されている文章だ。


——男は女の口を吸い、深い場所で繋《つな》がり合った。

まぐわい合うふたりの間に確かな快楽が生まれ、男が腰を揺らすたびにそれは大きくふくらんでゆく。

男の腕の中に抱かれながら、女は自分が小舟に乗っているような心地になった。

大海原にこぎ出し荒波に揺すぶられる、頼りないほどに小さな舟。

あっという間に波に呑《の》まれ、深い深い海の底へ溺《おぼ》れてゆく。

けれど嫌な心地は少しもしなかった。

男の熱い眼差しは、女の心をあぶってとろけさせ、たまらなく愛おしい心地にさせた

――。


（な、なんて破廉恥《はれんち》な……！　もしやこれが、噂に聞く艶噺《つやばなし》というものなのか……!?）

あけすけな内容に思わず書物を床に落としそうになり、慌てて桌子の上に戻す。

巷《ちまた》では、男女の恋愛に性的な描写を絡めて記された物語が流行しているそうだ。

『わたしもあんなふうに殿方《とのがた》に抱かれてみたいわ』

『乙女の夢が詰まっているわよね！』

『わかるわー。ときめきたいときにはもってこいよねぇ』

以前、村の女たちが艶噺についてそんなふうに話しているのを聞いたことがある。

そのときは、自分には関係ない話だと右から左に流していたが――。

（私も読むべき……なのか？）

梅花がこれを用意したということは、皇帝の閨房指南において役に立つと思ったからなのは間違いない。

そして女たちが話していた内容から想像するに、この物語に描かれている男性こそが世間一般の女人たちが思い描《えが》く『理想の殿方』なのだろう。

（この書物の内容を嚙み砕いて陛下にお教えすればいい、と。梅花はそう言いたいのだ

な）

閨房指南役が教えるべきは、ただ身体の交わり方だけではない。どうすれば相手と心を交えることができるか、その方法を教えることが最も大事なのだと気づかされる。

（動揺している場合ではない。しっかり読み込んでおかねば……）

気を引き締めた氷咲は、閉じた書物を再び開き、真剣な表情で向き合った。

「なるほど……。初夜はあくまで相手を気遣い、優しい言葉を囁くべきと……。慣れてきたら親愛の情を示すために髪に口づけをするのがいい……。なるほど……いいな……」

そうして読み始めた書物の内容は意外にも面白く、やがて日が暮れ、梅花に『夕飯ができましたよ』と声をかけられるまで、ついつい夢中で読みふけってしまったのだった。

第二章　皇帝陛下の指南役

使者の訪れから五日後。

氷咲《ひさき》は白麗山からはるばる皇都までやってきた。

(都へ来るのは、十五年ぶりくらいだな)

馬車の中から賑《にぎ》やかな都の様子を見ていると、当時のことを思い出す。

立太子したばかりの雷零《らいれい》の、未来の后や妃嬪候補を選定するために開かれた呼龍之儀《こりゅうのぎ》。

氷咲もまた、彼と年齢の見合う姫として、儀式への参加を促された。

(父上は、あまりいい顔をしなかったけれど……)

娘が入内できるかもしれないとなれば、大抵の親は大喜びするものだろう。しかし父はむしろ、氷咲が招聘《しょうへい》されたことを歓迎していないようですらあった。

だったよう

(叔母上が無念の死を遂《と》げた場所だ。無理もない)

梅花から聞いた話によると、父は唯一の妹をとても可愛《かわい》がっていたそうだ。

だからこそ儀式によって娘の龍の血が薄いと発覚したとき、父は心底安堵していたようだった。

『よいか氷咲。みだりに龍気を周囲に見せてはならぬ』

彼が常日頃から氷咲にそのように言い聞かせていたのも、万一にも娘が後宮に入れられることを危惧《きぐ》していたからなのだろう。

(儀式の結果を見るに、その心配は杞憂《きゆう》に終わったわけだが……)

呼龍之儀の際、氷咲の血を染みこませた布を落としたが泉は何の反応も見せなかった。

一方、力の強い者の血を受ければ、泉は眩《まばゆ》いほどの光を放つのだという。

豪腕《ごうわん》で知られる華炎族長に勝るとも劣らぬ強さを持つ父の、その力を受け継がなかった自分を、氷咲は今でも恥ずかしく思っている。

けれど。

『これで、娘を入内させないで済む――』

重苦しい感情を吐き出すような父の声を、今でも忘れられない。

§

皇宮に到着した後、氷咲は真珠宮《しんじゅきゅう》と呼ばれる建物に通された。

聞けばここは、かつて雷洞帝《らいどうてい》の妃のひとりであった叔母が住まっていた場所らしい。白を基調とした一流の家具と調度品。匂やかな花々や美しい絵画。隅々まで手入れが行き届いている宮は、氷咲が普段暮らしている屋敷など比べものにならないほど華やかだ。

雷洞帝の治世を彷彿《ほうふつ》とさせる贅《ぜい》を尽くしたこの場所で、氷咲はこれからの二ヶ月を過ごすことになる。

二月《ふたつき》後に入内する紅彩《こうさい》姫に配慮して、氷咲の後宮入りはごくひっそりと行われた。が、皇宮は一応氷咲を丁重に扱うつもりらしい。部屋へ通されてすぐ、わざわざ太師と中書令《ちゅうしょれい》が顔を出したのにはさすがに驚いた。

「此度は閨房指南役という大変なお務《つと》めを受けていただき、廷臣一同心より感謝いたします。お務めに集中できますよう、万事不自由なく整えてございます。二ヶ月後、お后さまを迎えるまでの短い期間ではございますが、どうかごゆるりとお過ごしくださいませ」

「こちらは側仕えの女官と、雑用係の宮女《きゅうじょ》たちでございます。御滞在中お困りの由《よし》などございましたら、なんなりとお申しつけくださいますよう」

四十代半ばほどの女官は、名を冬心《とうしん》と言った。先帝の代から長く後宮に勤めていたらしく、言葉遣いも所作も洗練されている。

ただ、若い宮女たちは最近になって紅彩姫のために雇い入れたばかりだそうで、明らかに落ち着きがなかった。

太師たちがいなくなるなり氷咲の側までやってきて、黄色い声を上げてはしゃぎ始めた。

「氷咲さまのお召し物、とても素敵ですね！」

「氷雪族では女人も男装をするのが普通ですの？　凜々《りり》しい氷咲さまにお似合いですわ」

白麗山をほとんど出たことのない氷咲は知る由もなかったが、どうやら皇都では、男装の女というのは非常に珍しいものらしい。

「あなたたち、はしたないですよ」

宮女たちを厳しく窘《たしな》めたのは冬心だった。彼女は縮こまる宮女たちをじろりと睨《にら》みつけた後、氷咲に向き直る。

「それにそのお召し物は、後宮には相応しくありません。氷咲さまにはまず、お召し替えをしていただかねばなりませんね」

「いや、だがこれは私の一張羅《いっちょうら》で……」

氷咲は自分の格好を見下ろす。

持っている衣裳の中でも最も高価な布で拵《こしら》えられており、祭事の折などにいつも使用していた着物。裾や袖に施《ほどこ》されているのは氷雪に古くから伝わる伝統的な柄で、一族の女たちが一針一針丁寧《ていねい》に刺繍《ししゅう》してくれたものだ。

御前《ごぜん》に立つにも恥ずかしくない格好である――そう思っていたにも拘わらず、冬心には不評のようだった。

「それは男物の御衣裳にございましょう。そのようなお姿で陛下のお側に侍《はべ》るわけには……」

厳《おごそ》かに苦言を呈《てい》した冬心に、宮女のひとりがはっとしたように口を挟んだ。

「いえ、冬心さま！　わたくし聞いたことがございますわ！　巷《ちまた》ではあえて男装をすることによって殿方の劣情を誘う手管《てくだ》があるとか！」

「なんと、左様にございましたか！　氷咲さまの深いお考えを推《お》し量《はか》ることもできぬ、わたくしの見識の浅さを平にご容赦くださいませ」

そういうつもりではまったくなかったのだが、なぜか冬心はすっかり得心がいっているようだ。額の前で手を組んで深々と頭を下げた後、意を決したように顔を上げる。

「しかしながら陛下は女人とは近からぬ身。なにとぞ、もう少し初心者向けでお願いしたく……！」

「いや、そうではなくてだな……」

思わず否定しようとした氷咲だったが、「なにとぞなにとぞ」と懸命に頭を下げる冬心を見ているうちに、段々と説明するのも億劫《おっくう》になってきた。

できれば普段はいつも通りの格好で過ごしたいと思っていたのだが、彼女らの様子を見ている限り、それも難しいようである。

(……弱ったな)

氷咲は姫ではない。戦士だ。

息子に恵まれなかった父は、なんとしても氷咲を跡継《あとつ》ぎとすべく、男児のように厳しく育てた。

剣や体術の稽古《けいこ》などで生傷《なまきず》の絶《た》えない子供時代ではあったが、それを不幸と思ったことはない。

氷咲は強い父に誇《ほこ》りを持っていたし、その血を引く自分自身にも同じく誇りを持っていた。一族の者たちも、だからこそ氷咲が初めての女族長として立ったときに文句ひとつ言わなかった。

氷咲が誰よりも強い戦士だと、知っていたからだ。

しかし後宮《ここ》ではそんなものは何の役にも立たなくて、女らしくあることを求められる。

正直言って、気乗りはしない。しかし、閨房指南役の話を受けると決めたのは自分自身だ。ここは郷に入っては郷に従えということで、大人しく彼女たちの言うことを聞いておいたほうがいいだろう。

「わかった。だが、私は女物の衣裳のことはよくわからない。だから、お前たちが適当な衣裳を見繕って用意してくれないか？」

氷咲の言葉に、冬心たちが顔を見合わせる。

「もちろんにございます！」

目を輝かせた彼女たちは、意気揚々《いきようよう》と奥の間に引っ込み、ほどなくして色とりどりの衣裳を両手いっぱいに抱えて戻ってきた。

「氷咲さまは色白で目鼻立ちがはっきりしていらっしゃるから、きっと濃い色がお似合いですわね！」

「紫色はいかがかしら。それとも、黒い衣に赤い帯とか！」

「いいわね！　青や緑も試してみたいわ」

氷咲を取り囲んで衣を身体にあてながら、ああでもないこうでもないと話し合う。

やがて彼女たちがこれぞと決めたのは、目が痛くなるほど鮮やかな、真紅《しんく》の綾羅錦繍《りょうらきんしゅう》であった。

薄紅《うすべに》の上衣。煌びやかな金糸、銀糸の刺繍が施された絢爛豪華《けんらんごうか》な帯。

金魚の鰭《ひれ》のような薄絹の帔帛《ひはく》を身に着けた氷咲を前に、女官たちは大層ご満悦だ。

「素晴らしいですわ、氷咲さま。よくお似合いです。わたくしたちの見立ては間違っておりませんでした」

「ささ、次は御髪《おぐし》を整えましょう。あなたたちはお化粧の準備を」

「ま、まだ終わらないのか……」

氷咲のやや引きつった小さな呟《つぶや》きは、女官たちの耳に届くことはなかったようだ。

あれよあれよという間に化粧台の前に座らされ、前方も後方も宮女たちに固められる。

「陛下がいついらっしゃってもいいよう、気合いを入れていきますよ！」

「歩揺《ほよう》はあれがいいわね。あの、蓮《はす》の花を模した」

「ほっそりした輪郭が際立つよう、髻《たぶさ》は高い場所で結いましょう。御髪は……まあ！

たっぷりとして艶やかで、素晴らしい髪質ですわ」

「そ、そうか。ありがとう……」

動く邪魔にならねばそれで十分、とばかりに普段己の髪型に無頓着《むとんちゃく》な氷咲だが、髪質自体を褒《ほ》められるのは実はやぶさかではない。

氷咲の母は生前、よく娘の髪を手入れし、毎晩丁寧に椿油《つばきあぶら》をすり込んでくれた。

父の三歩後ろを黙ってついていくような大人しい人。それが母に対する印象だったが、父が氷咲の髪を短くしようとしたときは、必死で食い下がったらしい。

『いくら跡継ぎでも、この子は女子《おなご》です！　男子《おのこ》のように武術や剣術を仕込むのはかまいませぬが、せめて髪だけでも女子らしくさせてあげてくださいませ！』

さすがの父も母のその剣幕《けんまく》には驚き、娘の髪を切ることは諦《あきら》めた――と梅花から聞いている。

そんなことを考えているうちに、化粧担当の宮女が白粉《おしろい》を叩き始めたり、臙脂《えんじ》や紅《べに》を差したりし始め、あっという間に髪結いと化粧が終わる。

「さ、最後に額に花鈿《かでん》を施して……。どうぞ氷咲さま、鏡をご覧くださいまし」

差し出された円鏡の中を覗き込むと、そこには煌びやかな簪や歩揺で髪を飾った、華やかな化粧の女が映っていた。

「いかがでしょうか？」

期待に満ちた目で問われ、氷咲は考えあぐねた末にこう答える。

「頭が……重い……」

それが欲しかった答えでないのは、宮女たちの表情を見れば一目瞭然だった。しかし、鏡の中に映る自分はまるで別人のようで、どうにも落ち着かない。

（二ヶ月もここで過ごせば、少しは慣れるのだろうか……）

簪の重さにも、女として扱われることへの戸惑いにも。

鏡の中の自分に問いかけたが、答えなど返ってくるはずもなかった。

§

その美しい人が現れたのは、陽が傾き始めてしばらく経ってからのことだった。

女官たちを退室させた後、旅の疲れもあって長椅子でうとうとしていた氷咲は、外から扉を叩く音に慌てて飛び起きた。

まだ明るいが、皇帝がやってきたのかもしれない。

着物の乱れと姿勢を正し、やや緊張しながら入室を促す。

扉の向こうから現れたのは、すらりとした長身の女だった。

玻璃をはめ込んだような、澄んだ青い目に視線が自然と引き寄せられる。美しすぎるがゆえにどこか人形のような、冷淡な印象すら感じさせるその女性は、静かに一礼して氷咲の前までやってきた。

「失礼いたします、氷咲殿」

女性にしてはやや低い声だと感じる。だが、彼女の静謐《せいひつ》な佇《たたず》まいにはそれがよく似合っているとも思った。

しばらく見とれていた氷咲だが、やがて相手の装いに目を留《と》め、拍子抜けした気持ちになる。

(なんだ、男装の女もいるじゃないか)

彼女が身に着けているのは、藍鼠《あいねずいろ》色の衫《さん》と紺色の半臂《はんぴ》、そして同じ色の袴《はかま》だった。飾り気がなく簡素な装いで、一目で男物とわかるそれである。

きっと女官たちが大げさなことを言ったのだ。後で文句のひとつでも言ってやろう。

そんなことを考えていると、美女が改めて氷咲の前で拝礼した。

「太保、晨《しんう》雨が氷雪族長氷咲殿にご挨拶を申し上げます」

「太保……晨雨?」

相手の名乗った肩書きと名に、氷咲は思わず片眉を上げる。太保は男性に与えられる地位だし、晨雨は男の名だ。

「ええ、晨雨です。よく間違われますが、男です」

氷咲の戸惑いの表情から、互いの行き違いを正しく理解したのだろう。彼は微笑《びしょう》しながら答える。

氷咲はようやく己の勘違いを悟り、慌てて礼を返した。

「――し、失礼した、太保。氷雪族長、氷咲だ。このたびは我が部族に手厚い支援をいただき、痛み入る」

「感謝するのはこちらのほうです。それから私のことはどうか気楽に、晨雨とお呼びください」

先ほどはどこか冷淡な印象を受けたが、こうして言葉を交わしてみると晨雨は案外、柔らかな物腰の人物である。

彼は氷咲の格好を上から下まで眺め回すと、少し楽しそうに告げた。

「男装のまま、陛下にお目通りするおつもりだったそうですね」

「……白麗山では幼少期から、いつも男装で過ごしていたんだ。こういう華やかな格好は、どうも落ち着かない」

「よくお似合いですよ」

「それはどうも」

さすがに見えすいた世辞に、氷咲はひらひらと袖を揺らしながら軽く応じた。

己を知らぬ若い頃は、女性らしい装いに憧れたこともあったが、さすがに今は身の程というものを知っている。

長身で、淑やかさとはほど遠くて。そんな自分に、煌びやかな女性の衣裳が似合うはずはないのだ。

「時に相談があるのだが――」

「駄目です」

取り付く島もない即答に、思わず渋面《じゅうめん》になった。

「まだ何も言っていない」

「男の着物に着替えたいとおっしゃるおつもりでしょう。この後宮にいらっしゃる間は、女人らしい格好で過ごしていただかなければ」

女官は駄目だと言ったが、もしかすれば晨雨ならば融通《ゆうずう》を利《き》かせてくれるかもしれない。

最後の悪足掻《わるあが》きとばかりに頼もうとしてみたが、甘かったようだ。

「まあ……どうしてもとおっしゃるのなら、陛下に頼んでみてはいかがでしょうか？」

「えっ？」

「陛下がお許しになったのであれば、私はそのお考えに口を差し挟むことはできません。女官もうるさく言うことはできないでしょう」

「……」

「陛下は今晩からこちらにお渡りになります。せっかく閨指南役の大役を受けたのですから、恩のひとつやふたつ、売っておいて損はないかと」

つまり闇でねだれと言いたいらしいが、飄々《ひょうひょう》とした物言いのせいか、不思議といやらしさは感じなかった。

「ならば追加で、我が一族への大幅な減税でも懇願《こんがん》してみよう」

ふてぶてしく告げれば、晨雨は思わずといった様子で吹き出した後、小さく咳払いをしてそれをごまかした。

「失礼いたしました。あまりにも私の知る姫君たちとは違うもので」

「男と変わらぬよう育てられたのでな。粗野《そや》な女で期待はずれと思われただろうか」

「いいえ、むしろ期待通りです。上品に口を閉じ、おっとり微笑むことのみを美徳として育てられただけの女性ならば、皇帝陛下のお相手をするに相応しくない」

「まあ、私のような女なら他にもいると思うが……」

身の内に宿す龍気が強ければ強いほど、その人物の性格は苛烈《かれつ》になりがちである。

恐らく、華炎の姫もそうなのではないだろうか。あの地は特に、始祖である紅龍の特徴を受け継ぎ、性別問わず豪胆《ごうたん》な者が多いと聞く。

族長集会で華炎の長炎雄《えんゆう》と顔を合わせたことも二、三度あるが、あの男の娘であればさぞかし明朗快活《めいろうかいかつ》な姫なのだろう。

「口達者で芯がしっかりなさっている女性なら、もちろん他にもいらっしゃることでしょう。ですが、私たちにとっては氷咲さまでなければならない理由があったのです」

「それなら、使者殿から聞いている。身分や立場、性格、それから結婚歴があることだろう？　……だが、その程度なら探せば他にもいるのではないかと思ったんだ」

　支援を受けられるということで承諾したこの務めだが、未だに納得しきれていない部分がそれだ。今挙《あ》げたような条件に合致する女性が、この国に氷咲ひとりだけとは到底思えない。

　想定内の質問だったのだろう。晨雨は少し躊躇いながら口を開く。

「……失礼ながら、氷咲殿ご夫婦は三年間子宝に恵まれなかったにも拘らず、御夫君と浮気相手はすぐ子宝を授かった……そうですね？」

　当時のことを思い出し、ざらりとした感情が胸を撫でた。

　世の中には、口にすべきでないことがいくらでもある。ましてや初対面の相手との会話であるならば尚更。

　社交や密談、おしなべて会話中に相手の顔色を窺うべき皇宮で、それがわからぬ太保《晨雨》ではなかろう。

　ではなぜ、彼がわざわざその情報を口にしたのか。

それこそが、自分が皇帝の閨の指南役として選ばれた最たる理由だからだ。

『石女《うまずめ》』

子供ができない女のことを、世間ではそう呼ぶらしい。昔の人間は、酷い言葉を考えるものだ。

一縷《いちる》の望みをかけて医者にも診《み》てもらったが、生まれつきそういう体質なのだろうと気の毒そうに言われ、気休め程度に子宮によいという薬を処方されただけだった。

「もし、指南役との間に間違って子でも授かれば、自分が后に選ばれたと喜んでおられる紅彩姫の顔に泥を塗ることになります。恐らくは御父君であられる炎雄殿もお怒りになることでしょう」

指南役が子を宿せば、その子供は間違いなく皇帝の血を引く世継ぎの候補となる。そうなれば、指南役の女を新たに妃として遇さざるを得なくなる。

けれどその行為は、華炎に対する侮辱となりえるだろう。

苛烈な華炎の族長は、娘を粗末に扱われたと憤《いきどお》り、皇帝に刃《やいば》を向けるかもしれない。

三十年前に起こった人狼族との大戦の際、氷咲の父が右目と左手を、他族長たちも身体機能を損なう中、華炎族長だけはその身に傷ひとつ負うことなく八面六臂《はちめんろっぴ》の活躍をしている。

そんな相手を敵に回したくない気持ちは、よくわかる。

「まさかそんなことまで知られているとは思いもしなかった。まあ確かに、面倒ごとの種は少ないほうがいいに決まっている」

「失礼なことを申し上げてばかりで、謝罪のしようもございません」

晨雨が深々と頭を下げる。

太保という立場であるにも拘らず憎まれ役をわざわざ買って出るあたり、見た目と違ってずいぶんとお人好しなのかもしれない。

「いや、状況が状況だ。それに、こういうことはむしろ隠されないほうが余計な不信感を抱かなくて済むというものだ。言いづらいことを言ってくれて助かった」

そして、氷咲は更にこう思った。

ここまで念入りにお膳立てをしてもらえて、きっと雷零帝という人は臣下からとても愛されている、素晴らしい人物なのだろう——と。

§

夜が来た。

長椅子に座って書物に目を通していた氷咲は、ふと窓の外を見た。

暗い空には龍の牙にも似た細い月が浮かんでおり、灰色の絵の具を刷毛《はけ》で軽く掃《は》いたような薄雲がかかっている。

湯浴みを済ませて大分経つが、皇帝が訪れる気配は未だない。

長いこと読書をしていたせいで強張った身体を解《ほぐ》すように伸びをする。そのとき、目の端にひらひらと舞い落ちる白い何かが映った。

雪だろうか。

一瞬そんな考えがよぎり、すぐに否定する。

今は春。白麗山でもあるまいし、皇都に雪が降るはずはない。

では、あの白いものはなんだったのだろう。

窓の側近くまで寄った氷咲は、静かに格子窓を開く。

甘い花の香気《こうき》を含んだ風がふわりと頰を撫《な》で、窓枠にひらりと雪の欠片《かけら》のようなものが落ちた。指先で触れてみると、冷たさなど微塵《みじん》も感じられない。それは白に限りなく近い、薄桃色の花びらだった。

目を凝《こ》らせば、視線の先にはよく手入れされた庭園があった。

(中庭があったなんて、今初めて気づいたな)

今日皇宮に到着したばかりで、建物の外に何があるかなんて気にもしていなかったが、もったいないことをしたか。

(だが、夜の庭園も美しいものだな)

地面には不揃いの白い丸石が敷き詰められ、花圃《かほ》には色とりどりの花が咲き誇っている。壕《ごう》の上には橋がかかり、その先には反り屋根が特徴的な東屋が建っている。

そして何より氷咲の目を引いたのは、庭園の中央に堂々とそびえ立つ、薄桃の花を満開に咲かせた木だ。月明かりを受け、ほんのりと発光しているようにも見える花びらが舞い散る様は、かつて母が寝物語に読んでくれた仙女たちの宴を彷彿とさせた。

本当にそこにあるのだろうか。この世のものとも思えない静謐な佇まいに、思わず夢の世界に迷い込んだかのような錯覚に陥る。

そして。

「櫻花《さくら》が珍しいのか」

外の光景に気を取られるあまり、誰かが室内へ入ってきたことに気づけなかった。

突然に背後から声をかけられ、氷咲は振り向きざまに腰へ手を伸ばす。――が、愛用の刀の感触はなかった。後宮に入る際、取り上げられたことを今更思い出した。

肝を冷やしたが、相手の姿を認めてその必要はなかったと安堵する。

そこに立っていたのは、二十代半ばと思《おぼ》しき若い男だ。

直接目にしたことは一度もないが、雷洞帝譲りだという灼熱の炎を思わせる赤い髪と、首から下げられた貴重な玉《ぎょく》の連なり。何より身に纏《まと》う龍気で、すぐにそうとわかった。

（――皇帝、雷零陛下か）

大層な偉丈夫だと伝え聞いていたが、噂に違《たが》わぬ立派な体格だ。着衣の上からでもわかるほど太く逞《たくま》しい腕に、幅の広い肩。女性にしては長身だと言われる氷咲ですら、見上げるほどに大きい。

殺気だった氷咲の様子に啞然としたのか、彼は目と口を大きく見開き、立ちすくんでいる。

氷咲は慌てて片膝を床につけ、両手で握りこぶしを作って額の前で突き合わせた。

これは女の礼ではない。戦士の礼だ。そうしたのは、氷咲にとって最後の意地でもあった。

頭を垂れたまま、雷零の言葉を待つ。

だが、どれほど経っても彼が口を開く気配はなかった。

じりじりと突き刺すような、眺め回すような不躾《ぶしつけ》な視線は感じるのに、一向に動く様子がない。

（そろそろ膝が痛くなってきたぞ……）

元々あまり他人に頭を下げる機会のない身分である。

それにいくら敷物があるとはいえ、ずっと跪いているこちらの身にもなってほしいものだ。

それから更にしばらく経過し、我慢できなくなった氷咲はそっと顔を上げた。

雷零帝が、まっすぐに自分を見つめている。

（化粧が濃すぎただろうか……）

あるいは、衣裳が華やかすぎて似合っていないとか。

あまりにもまじまじと凝視《ぎょうし》されるものだから、段々と心配になってきた。

目下の者が先に声を発するのは無礼とわかっていながらも、つい声をかけてしまう。

「……陛下？」

呼びかけに、雷零は《いか》ハッとしたように目をしばたたかせた。だがそれも一瞬のこと。彼はすぐ、その表情を厳めしいものへと変える。

「……そなたが氷雪族の長、氷咲か」

「はい。このたびは拝謁《はいえつ》の栄誉を賜り、恐悦至極に存じます」

「よい、楽にせよ」

その言葉を受け、氷咲はようやく立ち上がることができた。

「そなたは――」

何かを言いかけた雷零だったが、なぜか思い直したようにいったん唇を閉ざすと、眉根を大きく寄せる。そして再び口を開いたかと思えば、仏頂面《ぶっちょうづら》でこう言い放った。

「……また、ずいぶんと年増を寄越したのだな」

確かに、氷咲は娘盛りと言われるような年齢ではないし、雷零より四つも年上だ。とはいえ、仮にも皇帝という立場の男が、こうも遠慮を知らぬ子供のような物言いをすることには正直呆れてしまう。

もちろん、彼に同情しないわけではない。

閨房指南役として氷咲を選んだのは廷臣たちだ。好みでない女がやってきたことで、きっと落胆させてしまったのだろう。

「年上はお嫌いか？　私が相手で、申し訳ないことをした」

「あ、いや、その、いや……」

素直に謝罪すれば、雷零は落ち着きなく視線をさまよわせ、意味をなさない言葉を繰り返す。やがて困ったように眉を下げると、先ほどの厳めしさが嘘のような弱々しい声を発した。

「その、言葉遣いは……」

「楽にせよとおっしゃったので、お言葉に甘えさせていただいた。――ご不快ならやめるが」

戸惑いを滲《にじ》ませながらも、雷零が首を横に振る。

「いや、いい。女族長ともなれば、並々ならぬ苦労もあったのだろう」

「お祭しの通り次期族長として育てられ、女らしさとは縁遠い生活を送ってきたもので、できればこの衣裳も今すぐ脱ぎたい」

「ぬ、脱ぐ!?　今、ここでか!?」

「?　ああ。せっかく用意していただいたが、女物は動きづらくて適《かな》わない。男物で過ごす許可をいただければ嬉しいのだが」

「あ……、そ、そういうことであったか。別に、余は着る物などにこだわらぬ。明日にでも、男物の衣裳を手配しよう」

話の早い皇帝陛下だ。考え方も柔軟で、雷洞帝の御代に落ちるところまで落ちた『皇帝』への求心力が、彼の代になって回復し始めた理由がよくわかる。

「ご配慮に感謝する。これで明日から、ひらひらした裾《すそ》を踏んで転びかけることもなくなるだろう」

「ふっ……」

口元を押さえて、雷零が小さく吹き出す。最初の厳めしい印象が和らぐような、柔らかな笑顔であった。

(笑うと意外と可愛いのだな――。と言うのは、さすがに不敬だろうか)

胸に抱いた感想はそのまま秘めておくことにしよう。

「それで、陛下はこの年増に閨房指南をされることにご不満がおありか？」

話を戻せば、雷零は目に見えて動揺した。

「っそ、そんなことは――」

「正直にお答えになっていい。陛下にも好みというものがおありだろう。それに、初めての相手というのは誰にとっても大切なものだ。私相手ではその気が起きないとおっしゃるのなら、すぐにでも新しい指南役を用意していただく」

「その気……」

「こういうことをする気、という意味だ」

氷咲は己の着ていた上掛けを摑み、少し乱暴に肩をはだけた。

上質の絹でできたそれは、水のようになめらかに氷咲の身体を滑り、やがて微《かす》かな音を立てて床の上に落ちる。

袖のない胴衣は、氷咲の肩やそこから伸びる細い――けれど普通の女性に比べれば少し力強い印象の白い腕や、くっきりとした鎖骨《さこつ》を隠すことはない。

「ひ、ひさ……ひさき」

突然目の前であらわになった女の肌に、雷零は大いに狼狽《うろた》えているように見えた。

本当に童貞だったのだな、と改めて思う。

女などよりどりみどりであったはずなのに、彼の目つきは、初めて女の肌を見たそれだ。

（とはいえ、あまりまじまじと見つめられるのはかなり恥ずかしいな……）

例の春本の知識を総動員して見よう見まねで誘惑しようとしているが、果たしてどれほどの効果があるものか。

嫌がる男を無理やり組み敷く趣味はない。とはいえ、ここで氷咲が用済みと判断されれば氷雪族への支援はなかったことにされてしまう。だから、できればこの誘惑に彼が乗ってくれればいいと思う。

「その気は……一応あるようだな」

だから、まだ上衣を脱いだだけであるにも拘わらず、雷零の下半身がそうとわかる反応を見せていることを確認し、氷咲は密かに安堵した。

どうやらお役目は無事に果たせそうだ。

「陛下、口づけをしたことは」

「な、あ、ある！　いや、ななな、ない」

「……どちらだ」

正直に答えるよう促せば、雷零の頬が赤く染まった。

「な、ない……」

観念したように答えた彼の肩に手をかける。

驚いて振り払われる可能性も考えたが、彼はされるがままに氷咲の行動を受け入れてくれた。——驚愕のあまり、ただ動けなかったのかもしれないが。

氷咲はそのまま雷零に身体を寄せ、下から目を覗き込む。

深緑の瞳の中に、派手な化粧をした女が映っていた。少し緊張しているのが、自分でもよくわかる顔をしていた。

(陛下に悟られなければよいのだが)

緊張をごまかすため強引に余裕ぶった笑みを浮かべ、雷零の後頭部に手を添えて、ぐっと引き寄せる。

「今から口づけをするが、陛下」

「雷、零、と……呼んでくれ」

「では、雷零さま。目を瞑ってほしい」

「さま、もいら、いらぬ……」

上ずった声でそう言うと、雷零は親に命じられた童子《わらべ》のように力一杯目を閉じた。

まるで俎上《そじょう》の鯉《こい》だ。

一生懸命な様子に、笑いを噛み殺すのに苦労する。だが、おかげで大分緊張が解れた。

「間違っても、歯を立てないように……雷零」

そう言い置いた氷咲は、そっと己の唇で雷零の口を塞いだのだった。

§

甘く魅惑《みわく》的な香りが鼻を掠《かす》めたかと思えば、己の唇が何か柔らかいものに覆われる。

初めての感覚に、雷零は閉じていた目を思わず見開いた。

間近に、氷咲の顔がある。

長く艶々《つやつや》とした黒い睫毛。伏せ目がちの金色の瞳。そして雪のように白い肌。

己の背には氷咲の手のひらが優しく添えられていて、力などほとんど込められていないはずなのになぜか動けない。

これが、口づけ。

ただ唇同士を合わせているだけなのに、妙に甘く、じんと痺《しび》れるようで、触れている部分が火傷《やけど》したように熱いこの行為が。

(信じられぬほど、心地よい……)

この時間が永遠に続いてほしい。

そう思ったほどだったが、初めての口づけはあっさりと終わった。

氷咲の唇は数秒も経たぬうちに離れていき、あとには呆けた雷零が残される。

「……本当に初めてなのだな」

どこか感慨深そうに彼女が言った。

馬鹿にしているふうではなかったが、男としての矜持《きょうじ》が少し傷ついてしまう。

「そ、う言った……はずだ。悪いか」

「いや……、この程度であまりに顔を真っ赤にするものだから、何かこちらが悪いことをしているような気分になってきた」

素っ気ない雷零の言葉に氷咲は困ったように笑いながら、唇をぺろりと舐める。

桃色の舌と白い歯、赤い唇に視線が釘づけになり、雷零は口を馬鹿みたいに半開きにしたまま、呆然と立ち尽くすことしかできない。

他人の唇が、こんなに柔らかいなど知らなかった。

女人の匂いが、こんなに甘くて快《こころよ》いものだとは知らなかった。

初めての口づけが、こんなに特別なものだなんて——知らなかった。

「氷咲——」

熱に浮かされたまま「もう一度」と無意識に口にしそうになった。直後、氷咲がその密かな願いに応えるよう、再び軽い口づけを落とす。

角度を変え、時折上唇を食《は》み、下唇を舐め、掠めるように口端に触れる。

唇が触れて離れるたび、雷零は死にかけの魚のようにみっともなく震えてしまう。

胃の辺りから妙な声がせり上がりそうになり、腹に力を込めてなんとか堪《こら》える。だが、そんなささやかな抵抗など、氷咲にはすべてお見通しに違いない。

「ふふ……」

小さな声で笑うと、氷咲は雷零の腕を取り、自分の腰の辺りに回す。

笑われるのは不思議と不快ではなかった。

むしろ、もっと彼女の笑顔を見たいとさえ思う。

それなのに、次に氷咲の発した言葉により、雷零はたちまち冷や水を浴びせられたような心地になった。

「恐らく華炎の姫君は、口づけなどしたことはあるまい」

「え……」

間の抜けた声がこぼれる。

氷咲は指南役としてこの場にいるのだ。だから、彼女が紅彩の話を口に出すのは当然のこと。そう頭ではわかっているのに、目の前の女が他の女の話をすることで、こんなに頭が冷えるとは想像もしていなかった。

「貴方が今緊張しているように、姫君もきっと初めての際は緊張なさるはず。だから最初に口づけするときは、こうして優しく抱き寄せて、目を覗き込んで差し上げるんだ」

彼女は実演するように雷零の身体を抱き寄せ、間近で目を覗き込む。

「できるか？」

氷咲の目や唇には、何か不思議な力でも宿っているに違いない。

金色の瞳にまっすぐ見つめられ、囁くように問われるだけで、たった今まで冷えていたはずの頭の芯が、じんわりと熱を持ち始める。

雷零は返事の代わりに、腕に力を込めて氷咲の身体を引き寄せた。

そしてたった今彼女に教えられた通りに、そっと唇を寄せる。

これでいいのだろうか。

間違ってはいないだろうか。

氷咲のやり方をなぞるように角度を変え、吸いつき、甘噛《あまが》みする。

先ほど自分が感じたような熱を、できれば氷咲も感じてくれているといいのだが。

ぎこちない口づけを繰り返しながら、彼女の唇から甘い吐息がこぼれることを密かに期待した。だが、唇が離れるなり彼女がこぼしたのは、小さな笑い声だった。

「……そんなに酷かったか？」

「いや、申し訳ない。あまりに必死な形相《ぎょうそう》だったのが微笑ましくて……」

氷咲は背筋を丸めながら、くっくっと忍び笑いを漏らす。しかし、やがて堪えきれなくなったのだろう。盛大に吹き出し、目の端に涙を浮かべながら大笑いし始めた。

「す、すまない……っ。一度笑い出すと……っ、止まらないものでな……っ、くくっ」

あんなに見たかった氷咲の笑顔だというのに、笑われている理由が理由なだけに、つい居たたまれなくなってしまう。

(そんなに笑わなくともいいではないか)

普通、師匠というのは、どんなに弟子の出来が悪かろうと笑わず根気強く教えてくれるものではないのか。

初めこそそんなふうにいじけていたものの、氷咲があまりに軽やかに楽しそうに笑うものだから、段々と愉快な気持ちになってきた。

雷零は、こんなに大きな声を上げて気持ちよさそうに笑う女を知らない。

大抵の女人は口元を羽扇《うせん》で隠し、取り澄ました表情で品よく笑うものだ。

その優婉《ゆうわん》な仮面の下に、嫉妬《しっと》や憎悪、色欲や出世欲を上手く隠しながら。

けれど氷咲は、相手が皇帝だからとおもねることもなく、ただ込み上げる衝動のまま純粋に笑っている。その姿が、雷零にはとても輝いて見えた。

「ふぅ……」

ひとしきり笑い終えた氷咲がため息をつき、笑いすぎて赤くなった顔を手のひらで扇《あお》ぐ。

そして、じっと自分を見つめる雷零の姿を見て、まだ腹を立てているとでも思ったのだろう。

「笑ったりしてすまなかった。これで許せ」

苦笑しながら、髪を梳《す》くように優しく撫でた。

悪くない感触だった。むしろ年上らしい余裕と優しさを感じさせる行為は雷零の胸を少年のようにときめかせ、頬を熱くさせる。

「顔が赤いな。年増の口づけも悪くはなかったということか？」

蝋燭《ろうそく》のほのかな灯りの下でも、顔が赤くなっていることは一目瞭然だったのだろう。

からかうように己の失言を改めて突きつけられ、雷零は大いに動揺した。

「ち、ちがう。先ほどのあれは――――！」

慌てて弁明しようとするが、元々責めるつもりもなかったのだろう。

「冗談だ」

氷咲は軽く言って、こう続けた。

「初心《うぶ》な皇帝陛下のために、今晩の指南はここまでにしておこう。突然あれこれと教わったところで、混乱するだけだろうからな」

「よ、余は大丈夫だ」

このまま彼女と離れるのが名残惜しくてつい強がってみたが、彼女はあっさりとその意見を却下した。

「震えている生娘《きむすめ》相手にいきなり刺すような真似はしない」

「き……」

あまりの表現に、雷零は絶句した。

確かにこの上なく緊張はしていたが、それでも男として、皇帝として無様なところは見せまいと必死で頑張っていたつもりだった。

だが、氷咲の前ではそんなものは無駄な足掻きだったようだ。

「あと二月《ふたつき》もある。急ぐ必要はない。ゆっくり進めていこう」

そう言った彼女は、先ほど脱ぎ捨てた上掛けを再び羽織り、腰帯を丁寧に結びなおす。

白い肌が見えなくなってしまったことに落胆している自分に気づき、雷零は大きくかぶりを振った。いやらしいことを考えているなんて、微塵も勘づかれたくなかった。

「それでは陛下、どうぞお帰りを。続きはまた明日」

廊下へ繋がる扉を開け放った氷咲が、額の前で手を合わせ、立ったまま深々と頭を下げた。

いきなりの他人行儀な態度に、雷零は戸惑う。

授業が終われば、恋人や夫婦のまねごとなど不要と言わんばかりだ。先ほど自分を「雷零」と確かに呼んでくれた唇が、「陛下」と紡《つむ》ぐ。そのことを無性に寂しく思った。

本音を言えば、もっと彼女と話をしていたかった。

今更ではあるが、こんな役目を引き受けてくれたことに対する感謝や、ねぎらいの気持ちを伝えたい。女性にとって、閨の指南をすると決めるには、そこに相当な覚悟が必要なはずだから。

それに先ほど緊張のあまり「年増」などと口走ってしまったことに関して、謝罪もしたかった。

けれど、帰れと言われた手前、なんと言ってここに残ればいいのかもわからない。

結局雷零は何も口にすることができず、すごすごと氷咲の前を通り過ぎることしかできなかった。

そうして扉を出た瞬間、氷咲に呼び止められる。

「――陛下。お帰りの際は、前を隠しながら歩いたほうがいい」

(前……？)

戸惑いながら視線を下に落とす。下衣の中心が、ごまかしようもなく盛り上がっていた。

慌てて股間を両手で覆ったが、今更遅い。

氷咲の忍び笑いが耳を打ち、背後で扉が静かに閉まった。

廊下にひとりぽつんと残された雷零は、立ち尽くしたまま唇に指で触れる。

氷咲の感触を思い出すようにそっと撫で、己の行動のあまりの気持ち悪さに、はっと我に返った。見れば指先には氷咲のものであろう紅が移っていた。

普段であればすぐに拭《ぬぐ》い去るところだが、氷咲との口づけの残滓《ざんし》をわずかでも残しておきたくて、雷零はそのまま歩き出す。

(最初に指南役の話を聞いたときは、晨雨がまた質《たち》の悪い冗談でも言い出したのかと思ったが……)

氷雪の族長がまさか本当に、自分の閨房指南のためにここまで来るとは。いったい廷臣たちは、どんな条件で氷咲を城へ呼んだのだろうか。

そして氷咲は、どんな思いでここへ来たのだろうか。

指南のためだけに口づけをして、しかもそれ以上のことをしても平気だとは、とても自分には信じられない。

悶々《もんもん》と思い悩む雷零は、その夜ほとんど寝つけなかった。

何度も寝返りを打っては氷咲の白い肌を思い出し、そのたびに股間を両手で押さえるという、情けない夜が過ぎ去った。

第三章　後宮の花

どんなに眠った気がしない者にも、等しく朝は訪れる。

寝つけぬ夜を過ごした雷零《らいれい》は、目の下に薄っすらと隈《くま》を作ったまま、朝餉《あさげ》と向かい合っていた。

川魚のすり身と華炎人参の、生姜餡《あん》かけ。興莱草《こうらい》のお浸しに、刻みにんにくを和《あ》えもの。筍《たけのこ》ときのこと牡蠣《かき》の吸い物に、粘り芋と海老の煮物。

どれもこれも精力増強に効果のある食材を使ってあり、おまけに食前酒には蝮《まむし》を漬けこんだ酒が供されている。

雷零はげんなりとした思いでそれらを餐卓《しょくたく》の脇に除《よ》けた。頭が微かに痛むのは、寝不足のせいだけではない。

「……下げろ。余は貝柱の粥《かゆ》が食べたい」

普段なら出された食事に決して文句をつけない雷零だが、さすがに朝からこの内容は重すぎる。

「はい、ただいまご用意いたします」

控えていた宦官《かんがん》は速《すみ》やかに食器類を引き、部屋を去る。

しばらくして、彼はほかほかと湯気を立てる美味《うま》そうな粥を持ってきた。

搾菜《ザーツァイ》の散らされたそれを蓮華《れんげ》ですくい、雷零はハフハフ言いながら口いっぱいに頬張る。

ほどよい塩気と胡麻油《ごまあぶら》の風味が舌に優しく、粥の温かさが疲れた身体に染み渡る。

龍気を強く受け継いだことの恩恵はたくさんあるが、そのうちのひとつがこれだ。毒が効《き》かない体質のため、毒味を通さず温かいままの料理を存分に堪能できる。

腹いっぱいになるまで粥を詰め込み、食後の香茶で流し込んだ雷零は、宦官がいなくなるのを見計らって大欠伸《おおあくび》をした。

空腹が満たされ、たちまちとろんと瞼《まぶた》が重くなる。

ぽかぽかと差し込む暖かな日差しと、小鳥の軽やかな鳴き声が子守歌のように、寝不足の身体を優しく眠りへと誘った。

うとうとまどろんでいた雷零だったが、突然扉を叩く音に無理やり起こされる。

「入れ」

やや投げやりに返事をすると、少し不機嫌な顔の晨雨《しんう》が部屋へ入ってきた。

何事かと思えば、どうやら彼はここに来る途中で先ほどの宦官とすれ違い、食事がすべて下げられたことを耳にしたらしい。

入ってくるなり、「せっかくの食事を……」とぶつぶつ説教を始める。

彼が雷零の乳兄弟であるからこそ許される態度だ。

「仕方ないではないか。そなたも、余が朝はあまり入らないことは知っているであろう」

「わかっていらっしゃらないようですね。陛下が夜のご指南でお疲れだろうから、精がつくようにとの配慮なのですよ？」

「せ……っ！　よ、よ、余はまだ疲れるようなことは何もしておらぬ……！」

「氷咲《ひさき》様がお役目を果たされなかった、ということですか」

怪訝《けげん》そうに眉を顰《ひそ》められ、雷零は慌ててかぶりを振った。氷咲が晨雨に責められてしまうと思ったからだ。

「い、いや！　昨晩の氷咲は立派に役目を果たした」

「それはそれは。女性嫌いの陛下が無事一人前の男性になられて、この晨雨、祝着《しゅうちゃく》の極みにございます」

満面の笑みを浮かべた晨雨が、袖の下から何かを取り出した。

渡されたそれは、紐で綴《と》じられた薄く黒い冊子である。表紙にも裏表紙にも文字はない。

「これは？」

「母からです。后を迎えられる祝いにと」

晨雨の母とは、すなわち雷零を育ててくれた乳母のことだ。

時に厳しく、時に優しく、困ったときはいつも手を差し伸べ導いてくれた。幼い頃に実母を亡くした雷零にとっては、本当の母のような存在である。

そんな彼女が贈ってくれた祝いの品とは、果たしてどのようなものなのか。

后と上手くやっていくための教えが説《と》かれたものか、あるいは夫として斯《か》く在《あ》るべきといった、手本が記してあるのかもしれない。

「紅彩《こうさい》さまと滞《とどこお》りなく、夫婦仲睦《なかむつ》まじくいられるための指南書です」

「やはりそうか。乳母殿らしいな」

引退し、皇宮を辞してからも雷零のことを心配し、こうしてためになる書物などを送ってきてくれるとは。

今は遠く離れた場所にいる乳母の気遣いに感動しつつ、雷零は冊子の表紙を捲《め》くった。

そして。

「……」

ぱたんと音を立てて閉じた。

見間違い、だろうか。

何か今、見てはいけないものを見てしまったような気がする。寝不足で目が疲れていたのかもしれない。

「ふぅ――……」

長いため息をついて心を落ち着かせた雷零は、目を何度か擦り、もう一度冊子を開いた。

そこには、裸体の男女の図が精細《せいさい》に描写されていた。

男女はこれ以上ないほど密着しており、足の角度はこう、抱える向きはこうだと、事細かな注釈が添えてある。

「――ッ!?」

真っ赤になった雷零は、思わず冊子を投げた。

「こ、こここれは！　これはなんだ!!　なんだこれは!!」

「閨における作法を記した指南書です。男女の交《まじ》わり方はひとつではありません。さまざまな方法で女人を満足させるのも、男の役目なのです」

「こういうものは、ひ、氷咲が教えてくれるのであろう!?」

「実地はもちろん重要ですが、知識として頭の中にあったほうが覚えるのも早いはずです」

何事も予習は大事でしょうと言いながら、晨雨は拾い上げた冊子を再び雷零の手に渡す。

「まあ、どうしても氷咲さまに教えてほしいのであれば、これをお見せして試してみたい体位をご所望なされば」

「あああぁぁぁぁ!!」

雷零は大声を上げて晨雨の言葉を遮《さえぎ》った。

氷咲とはまだ口づけしかしていないのだ。あんな——冊子に描かれていたようなことを彼女に頼むなんて、とんでもない。

「……陛下。ようやく無事に筆下ろしをお済ませになったというのに、何をこの程度の絵で。まさか——」

「わかった！　ひとりでじっくり読むから、もう出て行ってくれ！」

半ば叫ぶようにそう言って、雷零は晨雨の背を押して強引に部屋から追い出した。

これ以上彼と話せば、昨晩氷咲と口づけしかしなかったことを確実に悟られるだろう。

そうすれば、晨雨は氷咲に苦言を呈するかもしれない。

最悪、指南役に不適格として、期限より早く後宮を追い出されることもあり得る。

（……嫌だな）

初めての口づけは特別なものであると、氷咲は言った。

自分にとってもそれは例外ではなかったようだ。

口づけの先を教わるのなら、他の誰かではなく氷咲がいい。

冊子の表紙をじっと見つめながら、胸に浮かんだ思いがなんなのか——雷零にはまだわからなかった。

§

午前中の政務を終わらせた後、雷零は行李箱《こうりばこ》を手に、後宮へ続く道を歩いていた。

箱の中身は、雷零が少年時代に着ていた着物だ。

昨晩、氷咲が男物の衣裳を着たいと言っていたため、宦官に命じて用意させたのである。

宦官に頼まず自分で届けることにしたのは、氷咲の喜ぶ顔を見たかったからだ。

「陛下のなさるようなことではございません」と止められたが、女人の扱いを覚えるためだと適当なことを言って、なんとか説き伏せた。

（あわよくば、氷咲ともっと話ができればいいのだが）

彼女は何が好きで、何が嫌いで、どんなことに興味があるのか。普段、どんなことをして過ごしているのか。

それに、白麗山での生活がどんなふうかも知りたかった。

雷零は皇都から出たことがない。五龍国では地方を査察するのは廷臣たちの役割だった。

「まあ、陛下。ようこそおいでくださいました」

扉の前を掃除していた宮女たちは、雷零に気づくとすぐに手を休め、行李箱に目を止めた。

「氷咲さまへの贈り物ですか？　お運びいたしましょうか」

「いや、これは余が自分で運ぶから大丈夫だ」

「かしこまりました。——氷咲さま、陛下のお越しです」

「お通ししてくれ」

そんな短いやりとりの後、宮女たちが扉を開けてくれる。

やや緊張しながら室内に足を踏み入れると、氷咲はまだ食事をとっている最中だった。

傍らには、給仕をする女官の姿もある。

「食事の邪魔をしてすまない」

「いや、もうすぐ食べ終える。陛下さえよければ、座ってお待ちを」

指示され通り長椅子に腰掛けると、気を利かせた女官が静かに部屋から去っていく。

食器の触れ合う音だけが響く室内で、雷零はそれとなく氷咲の様子を観察した。

彼女は昨晩と違い、今朝は化粧をしていなかった。身に着けている衣裳こそ女物だが、髪も頭頂でひとくくりにしただけで、簪や造花の飾りもない。

素のままの顔には紅を差していたときのような色っぽさはなく、しかし、逆に彼女が持つ本来の凛とした美しさが際立つようだ。

背筋をすっと伸ばし、無駄のない所作で食事する姿に、男勝りな言動では隠しきれない育ちのよさを垣間見た気持ちだった。

(そういえば、氷咲は族長になる前は氷雪族の姫君なのだったな)

そんな当たり前のことに、今更思い至る。

「……そんなにじっと見られると、緊張するのだが」

「す、すまない。口に合うか心配で……」

こっそり見つめていたつもりだったが、気配で悟られてしまったらしい。

気分を害してしまったかと不安になりながら言い訳をしたが、彼女のほうはさほど気にしてはいないようだ。

「他の女人の前でしなければ別にいい」

何気なくそう言って箸《はし》を置くと、茶杯の中身をぐっと飲み干す。

「美味《おい》しかった。さすが、尚食局《しょうしょくきょく》の女官は腕がいい」

「そう言ってもらえると、女官たちも喜ぶだろう。しばらく腕を振るう機会がなかったからな」

雷洞帝の崩御と同時に後宮縮小が決まり、ほとんどの女官には暇が出された。しかし、中には行くあてのない者もいる。そうした者たちは引き続き後宮に残ることを許され、いつかやってくる新しい后のために、日々研鑽《けんさん》を積んでいたのである。

雷零がいつまでも妃嬪を迎えないせいで、せっかくの腕を生かす機会に恵まれなかった女官たちだが、久々に仕事らしい仕事ができて、きっと喜んでいるだろう。

「それで、何か私にご用でも？」

「あ、ああ。そうであった」

雷零は慌てて行李箱を差し出した。

蓋を開けて中身を確かめた氷咲が、ぱっと顔を上げて雷零を見る。驚きに満ちた表情だった。

「昨晩、明日には手配すると言っただろう。余が少年時代に身に着けていたもので悪いが、すぐに用意できるのがそれしか思いつかなくてな。気に入らなければ捨て置いてくれ」

「とんでもない。ありがとう、陛下。本当に嬉しい！」

お古の衣裳ごときで満面の笑みを浮かべる氷咲は、昨晩の妖艶《ようえん》な姿とは裏腹に、少女のように純朴だ。

期待以上の反応を前に、胸の奥が甘酸っぱく疼《うず》く。

もっと氷咲の笑顔が見たい。けれど宝飾品や化粧品、高価な帯などでは彼女が喜ばないことは、女慣れしていない雷零にも想像がついた。

考えあぐねた末、雷零は昨日、彼女が窓の外を眺めていたことをふと思い出した。

「そうだ、よかったら庭園を散歩せぬか。昼に見る櫻花も美しいぞ」

「ぜひ。近くで眺めてみたいと思っていたんだ」

予想通り、氷咲は庭の散歩に乗り気だった。

無邪気な姿に微笑みつつ、雷零は庭に繋がる扉を開け放つ。暖かな日差しが部屋へ差し込み、草花の匂いを含む風が髪を優しく撫でた。

「気持ちのいい天気だ。地面に寝転びたくなる」

部屋から一歩外に出た氷咲が何度か深呼吸を繰り返し、青空に手を伸ばして思い切り背伸びをする。そして、感慨深げに言った。

「これが緑の香りというものか。皇都の空気は美味いな」

「そういうものか？」

　空気の味がどうかなど考えたこともなかった。

　氷咲に倣《なら》って深呼吸を繰り返してみるが、やはり何もわからず苦笑がこぼれた。

「白麗山の空気を吸ってみたいな。余も、どんなふうに違うのか知りたいものだ」

「ああ、そうだな……」

　氷咲が庭に植えられた櫻花の木を見上げる。

　雷零にとっては、特別でもなんともない木。盛りになれば皇宮のあちらこちらで咲き、舞い散る花びらを少々鬱陶《うっとう》しく思うほどに見慣れたものだ。

　けれど氷咲は、まるで神聖なものを前にしたような、神龍に祈りを捧げるときにも似た静謐な表情で櫻花を見つめている。

　やがて木から目を離した氷咲は、雷零を振り向いて笑った。

「白麗山の空気は冷たくて、鼻がつんとする。草花の匂いはしないな」

「やはり、櫻花を見たのは初めてだったか」

「一年の大半を雪と氷に覆われた地だ。我々氷雪族にとって、花といえば六花《りっか》くらいのものだな」

「りっか……？」

耳慣れない言葉に首を傾げれば、すぐに氷咲が補足してくれる。

「雪のことだ。六角形の結晶が花のように見えるから、別名を六花と言う」

「ああ……雪か。話には聞いたことがある。白くて冷たくてすぐに溶けるとか」

皇都に雪は降らない。だから雷零にとって雪とは、物語の中に出てくる伝説の神獣や仙人と同じようなものだった。

「結晶が花のような形というのは面白いな。可能ならば、いずれ実物を見てみたいものだ」

「いずれと言わず、今お目にかけよう」

「今？」

どうやって……と片方の眉を上げれば、氷咲が悪戯《いたずら》っぽい笑みを浮かべて大地を蹴《け》る。

曲芸師のように軽やかに舞い上がった彼女は、萌黄《もえぎ》色の裳裾《もすそ》と紅の帔帛を翻しながら空中で一回転し、櫻花の頂《いただき》に腰掛けた。ちょうど、太い枝が二股になっている辺りだ。

「白麗山の空に咲く、冷たい花をご覧あれ」

頭上から少しもったいぶった氷咲の声が降ってくる。

彼女は左手を上げ、軽く振ってみせた。手のひらから小さな光の欠片が生まれ、それは白く柔らかな花びらのようにはらはらと、音もなく舞い落ちる。

髪に、鼻先に、睫毛の上に。

確かにそこにあったはずなのに、冷たさを感じた瞬間にはもう溶けてなくなっているほどに、儚《はかな》い。

「美しいだろう。それが雪だ」

言われて注意深く観察してみれば、確かに彼女の言った通り、六角形の花のような形をした結晶が見えた。

「……綺麗だな。すぐに消えてしまうのが惜しいほどだ。ずっと残ればいいのに」

「〝花は舞ひ散り、やがて消えぬ。ゆゑに人の心にとこしへに、麗しきさまのまま刻まるるなり〟」

それは昔の詩人が読んだ歌の一節だった。

花は舞い散り、すぐに消えてしまう。だからこそ人の心に永遠に、美しい姿のまま刻まれるのだ――と。

「昔の詩人はいいことを言ったものだな。私もそう思う」

ほんの一瞬のうちに人の心を惹《ひ》きつけたかと思うと、まるで夢か幻のようにすぐ消え去ってしまう。

確かに、人の心に失うものを惜しむ気持ちがあるからこそ、余計にそれを美しいと感じ永遠に手元に留めてはおけないから、だからその一瞬の美しさを、目に、心に焼きつけようと考えるのだ。

「だが、私が雪を美しいと思うのは、ただそれだけが理由ではない」

雪を降らせながら、氷咲はどこか遠くを見つめているようだった。

「六花の結晶には、ふたつと同じものはないという。その複雑な形はどれも似ているが、どこか違っていて、同じものはひとつとして存在しない。生まれ出ずれば、そのひとつだけがこの世で唯一。過去も、今も、未来永劫──」

それはまるで人のようだと雷零は感じた。

親も、兄弟も、たとえ双子でさえも、どれほど顔かたちが似ていても、自分という存在はただひとり。輪廻転生《りんねてんせい》という概念はあっても、それは単なる生まれ変わりであって、まったく同じ心や考え方を持つ者ではない。

先ほど氷咲が口にした昔の詩も、植物の芽が出てつぼみがふくらみ、やがて花が咲いて散りゆくまでの過程を、人の生に例えたものだった。

とはいえ、あらゆる欲や業《ごう》に塗《まみ》れて生きる人と、静かに咲き潔《いさぎよ》く散っていく花とでは、あまりにもその生きざまが違う。

ましてやこの清く透き通った六花と比べれば尚更、人の生など薄汚れて見えるものだ。

それでも雷零には、今目の前で雪を降らせる氷咲が雪のように静謐に咲く、穢《けが》れなき白い花のように思えた。

「ひ、氷咲」

少しでも目を離せば、彼女も雪のように儚く消えてしまうのではないか。手の届かない場所へ行ってしまうのではないか。不安になり、慌てて名を呼ぶと、遠くを見つめていた氷咲の視線がようやくこちらを向いた。

「――ん?」

「そ、そろそろ降りてこぬか?」

すぐ返答があったことに安堵しながら、雷零はおずおずと手招きをする。

だが、氷咲は応じてはくれなかった。

「私はもう少し、ここからの眺めを堪能したい。ひとりが寂しいのならば登ってこられるがいい」

悔《くや》しいことに、やはり氷咲には雷零の感情など筒抜けらしい。

少し意地悪な笑みを浮かべる彼女は、まるで童子にわざと茶点を与えず、焦《じ》れる様を喜ぶ大人のようだった。

「別に寂しくなどない……!!」

図星を突かれたのが癪《しゃく》で、つい強がってみせる。

だが、氷咲はますますおかしそうに笑みを深めるばかりだ。

「ふぅん？」

「嘘ではない、余は寂しくなんかないぞ」

「誰も嘘だなどとは言っていないだろう。だが……もしかして、怖くて木に登ることができないのではないか？」

わかりやすい挑発を受け流すことができないのも、相手が氷咲だからだろうか。

自分をからかうための冗談だと、頭ではわかっている。

だが、もし、ほんの少しでも彼女に意気地なしと思われたら？

それが嫌で、雷零は子供のようにムキになってしまった。

「怖くなどない！」

手近なところにある枝に手を伸ばすと、木の幹に勢いよく足をかける。

自慢ではないが、木登りは得意だった。幼い頃はよく女官の目を盗み、庭園の木に登って果実を取ったものだ。

さすがに大人になるにつれそういうことをする機会はなくなっていったが、昔取った杵柄《きねづか》とも言うし、きっと今でも腕は衰えていないに違いない。

がさがさとした樹皮の感触を懐かしく思いながら、雷零は枝を摑む両の手に力を込めた。

そのまま体重をかけ、一息に登ろうとしたが、恐らくは選んだ枝が悪かったのだろう。

ばきり。

嫌な音が響いたと同時に、摑んでいた枝が真っぷたつに折れた。運悪くも右足を幹にかけたまま、左足を持ち上げた瞬間のことだった。

突然に支えを失った雷零は、背中から無様に落ちてしまう。

なんとか頭は守ったものの地面に身体をしたたかに打ちつけ、一瞬息が詰まってしまう。

痛い。けれどそれ以上に、恥ずかしい。

大見得を切ったくせに、氷咲の目の前でみっともない姿をさらしてしまった。

(格好悪い……)

穴があったら入りたいとはこのことだ。きっと氷咲は、無様な姿に大笑いすることだろう。半泣きになりながら身構えていた雷零だったが、氷咲の反応は思っていたものとは大きく違った。

「陛下!」

涙で滲んだ視界の中で、慌てて木から飛び降りる氷咲の姿が見える。

軽やかに着地するなり雷零へと駆け寄った彼女は、雷零の上に覆い被さるような格好で顔を覗き込んできた。

「大丈夫か!?　返事はできるか？」

間近に迫った美しい顔に、一瞬呼吸を忘れてしまった。

「もしかして声が出せないのか？」

「だ……いじょうぶだ」

切羽詰まった氷咲の声に、ようやっとそれだけを返す。

「よかった。こちらへ、念のため頭を冷やそう」

安堵のため息をついた氷咲が、そのまま雷零の頭に手を添え、そっと持ち上げて膝の上にのせる。

ひんやりとした手が、後頭部を優しく撫で始めた。

氷咲の手のひらは、氷のように冷たかった。恐らく先ほど雪を降らせたときのように、龍気を使っているのだろう。

頭は打っていなかったが、氷咲の冷たい手の感触が気持ちいいあまり、雷零はついそれを言いそびれてしまう。

「陛下、どこか痛むところは？　そうだ、太医《たいい》を呼んでこよう！」

「大事ない。ここにいてくれ」

本当にたいしたことはないのだ。

それに、せっかくの彼女との時間をここで終わらせるのはあまりに惜しかった。

「本当か。強がっているわけではないだろうな」

改めて念を押す氷咲の声は未だに硬く、どうやら、心底から雷零のことを心配してくれているようである。

自分が皇帝だから心配してくれているのだろうか。あるいは、ただ純粋に『雷零』のことを心配してくれているのだろうか。

後者であればいいと願ったが、確かめる勇気はなかった。

「すまない、私のせいだな……」

「なぜだ？　枝が折れたのはそなたのせいではないだろう」

先ほどの出来事は不慮の事故だ。

氷咲のせいなどとは欠片も考えなかっただけに、その発言に驚いてしまう。

だが、彼女は眉尻を下げ、見るからに落ち込んだ様子でこう言った。

「陛下が必死になるのが面白くて、ついからかってしまった。陛下に木登りをしようなどと思わせなければ、そもそも落ちることもなかっただろう」

「――ははっ」

一瞬あっけに取られた後、雷零は思わず笑ってしまった。

年上で、余裕たっぷりで、凜《りん》とした印象の彼女がしゅんと落ち込んでいる様子が、あまりにも意外だったからだ。

「笑うことはないだろう」

「いや、そなたもそういう顔をするのだな」

「どういう顔だ」

「とても可愛らしい。しょげた子猫のような顔だ」

ぽっと、氷咲の頬が赤くなったのを雷零は見逃さない。

「可愛くない年増の間違いだろう」

「それは……っ、本当にすまぬ。心にもないことを言った」

雷零にとって女とは、ぎらぎらと野心に、色欲に塗れた存在だった。

声も、顔も、身体も。どれも毒々しいほどの甘ったるさを含み、男に媚《こび》を売るための道具として利用する。そんな存在。

なのに氷咲は、なんとも不思議な女だった。

雷零が知るどの女とも違う。

男のような言葉を遣い、凜々しく振る舞ったかと思えば、ころころと可愛らしく笑い声を上げる。

切れ長の双眸（そうぼう）がこちらを見て細められる瞬間の艶（つや）っぽさといったら、筆舌に尽くしがたいほどだ。

仕草も、振る舞いも、無駄な動きは一切なく、けれど流れるような洗練された挙措《きょそ》は、匂い立つように優雅で品がある。

『雷零』と自分を呼ぶ張りのある声は、白麗山の澄んだ空気を思わせた。

名前の通り、氷のように混じりけのない綺麗な女子だと思った。

「そなたの美しさに見とれていることを悟られたくなかったのだ。本当にすまない」

結果的に氷咲が許してくれたからよかったものの、もしあのとき、激怒して『帰る』などと言われていればどうなっていたことか。想像するだけで、自分を殴りたくなる。

「う、美しい……？　私が？」

「ああ。そなたは余の知っている女人の中で、最も美しい」

「――っ、世辞は大概になされよ」

顔を赤くしながらそっぽを向く氷咲に、ついつい唇が綻《ほころ》んでしまう。

普段冷静な彼女のこんな表情を、自分が引き出したのだ。そのことを、誇らしく思った。

「氷咲」

「え？　――……ん」

上体を起こした雷零は、自身に覆い被さる氷咲の唇を下から奪った。

唇の温度を分け合うように、長いこと触れて、離れる。

唇を離したときの氷咲は確かに、雷零からの口づけを驚いていたように思う。

目を丸くして雷零を見つめたかと思えば、「いきなりどうした」と、虚《きょ》を衝《つ》かれたような声で言った。

「余がそうしたいと思ったからだ……悪いか」

「悪くはないが、まだ陽が高いぞ。それにこういうことは、寝間《ねま》でやるものだ。人に見られたら――」

言葉を遮るように、雷零が上半身を完全に起こす。

氷咲の頬に手を添え、再び唇を重ねた。

驚いているのか、それとも抵抗する気はないのか。恐らくは両方なのだろう。氷咲は軽く身じろぎしただけで、雷零を突っぱねようとはしない。

彼女の内心がどうであれ、受け入れてもらえた気がして嬉しかった。

もう一方の手を氷咲の背に添え、身体が密着するように抱き寄せる。

向かい合う形で、氷咲が膝の上に座った。その親密な体勢に、この上ない充足感を覚えた。柔らかくて、いい香りがする。昨晩嗅いだ紅の香りではなく、氷咲本来のほのかに甘い匂いにほっとする。

「人に見られたからとて、それがなんなのだ。氷咲は余の指南役だ。誰がこの行為を咎《とが》められる？」

後宮というのはそういう場所だ。女官とて、喜んで見ぬふりをするであろう。

「……皇帝陛下は大胆だな。だが、それも一理ある」

苦笑した氷咲が、手を雷零の髪の間に差し込む。

赤い髪をくしゃりと乱す、その感触が気持ちよかった。

もっと彼女が欲しくて、もう一度口づけをする。

へたくそ、と言われるのは覚悟の上だ。伸ばした舌で氷咲の口内を探ると、髪を掴む手によりいっそう力がこもった。

「ん……ん……」

微かな声を上げる氷咲の背を、雷零はなだめるように優しく撫でた。

やがて強張っていた氷咲の身体から力が抜けていく。

彼女もまた舌を伸ばし、雷零の舌と絡め合った。吸って、甘嚙みして、擦りつけ合う。

互いが互いに主導権を握ろうとするような、静かだけれど淫《みだ》らな口づけだった。

そうして、唇がふやけるほどに重ね合った頃。

「……氷咲、寝間へ行くぞ」

顔を離して静かに囁くと、その意味を正しく理解したのだろう。

熱っぽい氷咲の眼差しが、瞬きで返事をした。

§

部屋へ戻ったふたりは、競い合うように互いの衣服を脱がし合いながら、一目散に寝間へもつれ込んだ。

幔帳《ひよけ》の下ろされた薄暗い室内で、氷咲は雷零の帯を解《ほど》き、上衣を脱がせ、床の上へ放り投げる。そのまま、名状しがたいもどかしさをぶつけるように唇を交わした。

「ん……っ、氷咲、氷咲……」

「ん、ん……ふ……」

こんなふうに男を求めるなど、自分らしくもない。

雷零の硬い腿の上に座り、貪《むさぼ》るような口づけを繰り返す自分を、どこか冷静に眺める自分がいる。

これは単なる指南だ。恋人同士のような睦み合いは必要ないはず。

頭の中ではそう理解しているのに、雷零と唇を重ねるたび、頭の芯が痺れて甘い熱に侵されていく。

「ん、ぁ、陛下……」

「雷零だ」

名前で呼ぶよう指示され、氷咲は視線をさまよわせた。

皇帝を名前で呼ぶなど畏れ多いことだ、などと殊勝なことを言うつもりはない。

しかし彼の名前を呼び続ければ、戻れない、戻れなくなるような気がしたのだ。

(戻れなくなる？　どこから、どこへ？)

その直感は霞《かすみ》のようだった。手を伸ばしても指の間をすり抜けていくばかりで、答えが得られない。自分の考えが自分でわからないなんて、生まれて初めてのことだった。

「氷咲、どうした。……呼んではくれぬのか？」

けれどどんなに抵抗感があっても、こんなふうに縋《すが》るような視線を送られれば、もうだめだ。どうしても、彼の望む通りにしてやりたいと思ってしまう。

「雷零……」

思い切って呼ぶと、雷零は嬉しくて嬉しくてたまらないという笑みを浮かべた。そのまま、むしゃぶりつくように氷咲の唇を塞ぐ。

互いの官能を高めるようなねっとりした口づけに、氷咲はたちまち息が上がってしまう。

「ん、ぁ……ずいぶんと……上達の早いことだ……」

「師匠が優秀だからな」

褒められたことが嬉しかったのか、雷零の声がわかりやすく弾《はず》んだ。唇から顎、喉元へと順に唇を這わせていく。

女がどうすれば喜ぶかなど、きっと彼はわからない。だからその行動は、本能に従ったものだったのだろう。

音を立てて皮膚を吸い上げられ、氷咲は不覚にも雷零の腕の中で身体を跳ねさせる。

やはりまだまだ拙《つたな》かったが、それでも昨日教えたばかりにしては、この口づけは上出来だろう。

噛むことも歯をぶつけることもなく、たどたどしく舌を差し込んでは、氷咲の性感を高めるよう口内をなぶる。

若さゆえの貪欲《どんよく》さを感じさせる口づけだ。

ねっとりした水音が上がるたび、腰にじんと痺れが広がっていく。足が自然と戦慄《わなな》き、脱力する。

横になっていてよかった。もし立っていれば、膝が笑ってその場に崩れ落ちてしまっていただろう。

だが閨房指南役として、これ以上翻弄《ほんろう》されるわけにはいかない。

荒々しい口づけに呑まれないようにと自分に言い聞かせながら、雷零の胸に手をつく。

距離を取られて雷零は少し不服そうだったが、しぶしぶと氷咲の行動を受け入れた。

「手を」

促せば、彼は氷咲の手のひらに素直に己の手を重ねる。

氷咲はそのまま彼の手を取り、自分の頭に導いた。

「髪を解いて――まだるっこしいかもしれないが、引っ張らぬよう、もつれぬように、丁寧にだ」

紅彩姫との初夜のためには、いずれもっと綺麗に飾った髪型での練習も必要なのだろう。

しかし、ただひとくくりにしただけの髪でさえ、雷零にとっては解くのが難しいらしい。

慣れぬ手つきでもたつく雷零の様子を、氷咲はただじっとして見守った。

太い指が丁寧に髪紐をゆるめる。

やがて自由になった髪が、さらさらと音を立てて寝台の上に広がった。

「綺麗な髪だな」

雷零が髪をひと房手に取り、しげしげと眺める。

朴訥《ぼくとつ》な褒め言葉に胸の奥がむずがゆくなったが、なんとか笑みを殺して淡々と指示した。

「そのまま、髪に口づけを。女にとって、髪は魂《たましい》が宿る特別な場所とも言われている。相手に対する思慕《しぼ》の情を表現する手段のひとつとして、覚えておくといい」

梅花が用意してくれた書物の受け売りだが、雷零がいずれ后を迎えたときにきっと役立つだろう。

「思慕の情……」

そう呟いた雷零が、手に取った髪の先へ恭《うやうや》しく唇で触れた。

その様子になぜか胸がじわりと熱くなり、鼓動が速まる。

自らが口にした言葉に影響されたのだろうか。いや、そんなはずはない。

（あまりに愚かすぎるだろう）

雷零にとってこれは、后を迎えるときのための単なる練習だ。それなのに、髪に口づけをされたくらいで指南役が動揺してどうする。

「衣裳を……脱がせてくれ。ゆっくりがいい。そのほうが、相手の期待と羞恥《しゅうち》と……興奮を高める」

余計な考えを頭の片隅へと追いやり、懇切《こんせつ》丁寧に雷零への指南を続ける。

真面目で義理堅い氷咲には、手を抜くという選択肢はない。

あまりの恥ずかしさに声が上ずってしまったことに、雷零は気づいただろうか。

改めて自分が閨指導をしている事実に羞恥を覚えながら、それでも己の役目を忠実に果たさんとすることに、我ながら感心してしまう。

「帯を解くぞ」

宣言通り、雷零の手が帯の結び目を解き、しゅるしゅると腰から外していく。

大真面目な表情で帯を丁寧に畳もうとするあたり、いかにも童貞で可愛らしい。

「そんなものはその辺に放っておけばいい」

「そ、そういうものか……」

畳んだものを律儀に開いて、床の上に落とす姿に思わず微笑みがこぼれた。

「何を笑っている」

「いや、可愛らしいと思ってな」

「余は男だぞ」

「そうしてむっとするところが、ますます可愛らしいというのだ」

ひそやかな声を上げて笑うと、雷零はしばらく唇を尖《とが》らせていたが、やがて一緒になって笑い出す。

「まったく……氷咲には敵わぬ」

そして氷咲に向き直ると、おずおずと衣の袷《あわせ》を開いた。

あまりに丁寧な手つきのせいで、胸の先が布に擦れて辛い。声を上げそうになるのを我慢しながら、氷咲は震えそうになる腿《もも》の内側に力を込め、袷が開かれるのを待った。

白く豊かな乳房が重たげに揺れながらこぼれ出て、雷零の頬にさっと朱《しゅ》が走る。

女性の胸を見るのは初めてなのだろうか。

真っ赤な顔をしている様子は初心であるのに、瞬きもせず食い入るように見ている様子は、二十四歳の男らしさを感じさせる。

指示を出すより早く雷零の手が伸びてきて、ぎゅっと氷咲の乳房を握り締めた。

柔らかな胸に、乱暴と言っていい強さで指が沈み込む。

「っ……もっと優しく」

「すまない！　痛かったか？」

雷零は慌てたように手を引っ込め、そして今度は恐る恐る、撫でるように触れた。

硬い手のひらが先端を掠めるのは心地よく、そしてもどかしい。

「もっと強くていい」

正反対の指示を出され、雷零は目に見えて狼狽えていた。氷咲は雷零の頬を軽く抓り、力加減を教える。

「このくらいの力で。爪を立てぬよう、饅頭《まんとう》の生地を捏《こ》ねるように優しく」

「……饅頭？」

不思議そうに問われ、氷咲ははっとした。

「ああ、すまない。おかしな例えをしてしまった。忘れてくれ」

この人は皇帝なのだ。饅頭の生地など捏ねた経験があるわけがない。

しかし彼は氷咲の愚かな例えを笑うこともなく、真剣な表情で胸に触れた。

「こうか。痛くないか、氷咲」

「ああ、上手だ……。あとは指で、先端をひねり上げてくれれば……んっ、あ……！」

言うなり雷零が硬い先端の尖りを摘んでひねった。指で押しつぶされる刺激に、氷咲の喉から反射的に甘く鋭い悲鳴が漏れる。

それが苦痛からくるものでないことを、声の響きで察したのだろう。

調子に乗った雷零が何度もその場所をひねり、押しつぶし、軽く引っ張り始める。立ち上がり、硬くなる様が面白いらしい。

硬くなっている、とあえて言葉にされ、雷零の口を塞いでしまいたい気持ちになった。

だが、言葉で女の羞恥を煽り、恥ずかしがる様を楽しむというのは閨の作法として間違ってはいない。

「ら、いれい……っ」

「次は？　どうすればいい」

問いながらも、胸をいじる雷零の手は止まらない。

淫らに喘《あえ》ぎそうになるのを必死で押しとどめながら、なんとか唇で触れるよう指示する。

その直後、指と入れ替わりに胸の尖りに吸いつかれた感触に、またも甲高い悲鳴をこぼしてしまった。

真っ先に乳嘴《にゅうし》に吸いつく者があるか。

そう思ったが、焦らすということを知らぬのだから仕方がない。

ちゅくちゅくと音を立てて吸い立てられ、氷咲は無様に身体を跳ねさせる羽目になった。

「は、あっ……あぅ、あ……ッ！」

「氷咲、ひさき……」

「らいれ……、少し待て、もっと」

「もっと、強くすればいいのか」

もっとゆっくりと言おうとしたのに、息が上がって言葉が途切れたせいで、雷零が妙な勘違いをしてしまった。更に強く吸いつき、上目遣いでこちらがどんな表情をしているか窺ってくる。

欲望を隠そうともしない深緑の目に、巧《たく》みとは言えずとも情熱的な舌の動きに、氷咲はもう何も考えられなくなってしまう。

舌で舐《ねぶ》られ、なぶられ、これ以上ないほど敏感に立ち上がったその場所を何度も吸われ──。そして甘やかな刺激に生理的な涙が溢れてきたことを、氷咲は指摘されるまで気づかなかった。

「っ、氷咲……。どうして泣いているのだ。教えてくれ、今のは痛かったのか」

「ん……は……何を言っている」

「涙が、こぼれている」

泣いているのかと聞いた側のくせに、雷零のほうこそ傷ついたような顔をしていた。

彼は氷咲の目尻に舌を寄せ、舌先で雫《しずく》を受け止める。そのまま、氷咲を抱きしめた。

裸の胸が、雷零の胸に押しつけられる。

左胸に自分の鼓動を、右胸に雷零の力強い鼓動を感じ、まるで身の内に心臓がふたつ宿ったかのような心地だ。

抱擁《ほうよう》は少し窮屈《きゅうくつ》なくらいで、それが不思議と胸を安らかな気持ちで満たしていく。

「──私は泣いてなどいない。放せ」

「だが、涙が」

「心配はいらない。快楽で気持ちが高ぶっただけだ」

「……快楽」

「気持ちいいということだ。——言わせるな」

おずおずと、雷零が氷咲の身体を放した。

その顔は未だ半信半疑といった様子で、氷咲の言葉を全面的に信用したわけではなさそうだ。

行為の最中に女に気持ちいいと言われれば、大抵の男は自尊心を満たされて舞い上がるものだ。

それなのに雷零は。

(心配しているのか……？　私を……私などを)

童貞のくせに。

童貞なら童貞らしく、初めて見る女体に我を忘れてくれればこちらとしても気が楽なのに。どうしてたかが涙ひとつ、見逃すことができないのか。

「……氷咲は気持ちよかったから泣いたのか」

だからそうだと言っているだろう、という言葉を、氷咲は息と共に飲み込んだ。

あまりにも雷零が真剣な顔をしていたからだ。

心を見通すような、見通そうとするようなまっすぐな瞳に射抜かれ、視線が縫いとめられてしまう。

何をそんなに心配することがある。

たかが閨の指南役として呼ばれた女だ。泣こうが、笑おうが、痛がろうが、そんなものは雷零にとって瑣末《さまつ》な問題に過ぎないだろう。

壊れ物を扱うような態度で接され続けるのはこちらとしても不本意だ。そんな態度を取られるいわれはないし、何より氷咲が落ち着かない。

「雷零……何をそんなに心配している」

主導権を握るために質問に質問で返せば、雷零は一瞬虚を衝かれたような顔をし、やがてくしゃりと歪《ゆが》ませた。

「余に触れられて、元夫の……ことを……思い出したのかと……」

途切れ途切れの告白に、氷咲は目を瞠《みは》った。

雷零が言っているのは、数年前に別れたあの男の話か。

（……調べたのか？　――いや、愚問だな）

この男は皇帝だ。指南役の素性《すじょう》を知らされていないはずがない。

――十三年も前のことだ。

その頃、氷咲はまだ十五歳の小娘で、父の命令によって同族の男と結婚することが定められていた。

男には両親がいなかった。彼の父親は三十年前の戦で氷咲の父をかばって命を落としており、また母親は人狼族襲来の折、氷咲を守るために亡くなったからだ。

父がその男を氷咲の婿《むこ》として定めたのは、自分たちのせいで両親を失った彼への、せめてもの償《つぐな》いだったのだろう。

男は幼い頃から氷咲に片思いをしており、結婚が決まったと聞いて大喜びしていた。

だが、それは父が生涯で犯《おか》したいくつかの過《あやま》ちのうちのひとつとなってしまった。

ふたりの結婚生活は、最終的に夫の浮気という最悪の形で幕を閉じたのだから。

夫と恋仲になったのは、当時、屋敷に住み込みで働いていた若い下女だ。

泣きながら頭を下げる身重の下女と、君のことが嫌いなわけではないと言う夫に、氷咲は呆然と立ち尽くすしかなかった。

可憐《かれん》で華奢《きゃしゃ》で、大人しそうで、氷咲とは何もかも正反対の『可愛い娘』。

『君のその強さに惹かれていたんだ。だけど、彼女は弱いからひとりでは生きていけない』

『君の気が済むなら、どんな罰でも受けるよ』

夫を愛していたわけではない。そもそも父が決めた婚姻だ。氷咲の意思など介入する余地はなかった。

それでも、嫌いだと思ったことはなかったし、このまま穏やかに、親しい友人のような関係を築いていければと考えていた。

それなのに元夫は、氷咲との結婚当初から下女と関係を持っていたそうだ。

氷咲はただ、裏切られたことが悔しかった。気づけなかったことが情けなかった。

――誰よりも強くあれ、誰よりも気高くあれ。

そんな父の教えを胸に、これまで誇り高く生きてきたつもりだった。

けれど実際はどうだ。下女に夫を寝取られた憐れな女でしかない。

極めつきは、夫の一言だった。

『せめて子ができていれば、また違う未来もあったのかもしれない』

戦で右目と左手を失った父を支えるために、跡継ぎとして忙しくしていた氷咲が夫と閨を共にしたのは、数えるほどしかなかった。

確かに、夫婦として過ごせる時間は少なかったと思う。寂しかったと訴える夫の気持ちが、一切理解できなかったわけではない。

それでも、まるで自分こそが被害者で、悪いのはすべて氷咲だとでも言いたげな夫の態度に、心の奥深くで何かがひび割れるような音がした。

なけなしの自尊心が、氷咲に泣くなと告げた。

それなのに元夫は、氷咲との結婚当初から下女と関係を持っていたそうだ。氷咲は夫と離縁し、不貞の罰としてふたりを山から追放した。

甘すぎる処置に、周囲の者たちはもっと重い罰をと訴えた。

龍は古来より、つがいの結びつきというものを重視する。五龍国にはかつて、姦淫《かんいん》を犯した罪として極刑に処された例がいくつもあった。

けれど氷咲はそうしなかった。

皆、氷咲のことを寛大だと褒めそやし、元夫を罵倒《ばとう》した。けれど、氷咲は寛大などではない。自分自身で自分の誇りを傷つけるような真似をしたくなかっただけだ。

重い罰を与えれば、それだけ自分が惨めになるような気がしたから。夫を奪われた悔しさや妬《ねた》みから報復をするような、そんな女にだけは見られたくなかったのだ。

当事者である自分が永久追放で十分だと言っているのだから、これ以上口を挟むなと言えば、周囲も口を閉ざさざるを得ない。

元夫たちは山を去り、言いつけ通りに二度と山に足を踏み入れることはなかった。

今頃どこかでふたり、幸せに暮らしていることだろう。

当時こそ夜も眠れぬほどに思い悩んだ氷咲だが、離縁して十二年も経った今では、元夫のことなどほとんど思い出すこともなくなっていた。

だというのに、雷零はいったい何を勘違いしているのか。

彼の言葉を、馬鹿馬鹿しいと一蹴《いっしゅう》するのは簡単だった。

自分はそんなに未練がましい女ではない、見くびるなと怒っていい。

けれどやはり、子供みたいに泣きそうな顔をしている雷零を見ていると、とてもそんな気持ちにはなれなかった。

雷零は、氷咲が辛いと本気で思い込んでいるからこそ胸を痛めているのだ。

誇り高くあれと育てられた氷咲にとって、憐れと思われることですら矜持が傷ついてもおかしくはない。そのはずなのになぜか、雷零の顔を見ていると胸の奥が締めつけられる。

痛いような、疼くような、甘いような、苦しいような。

さまざまな感覚に絡《から》めとられたかのように震えるその場所に、ほんのり微熱がともる。

氷咲は眉を下げ、雷零の頬に手を伸ばした。

「貴方は私を、男のことごときで泣く女だと？　別れた夫との思い出を、後生大事に胸に抱えて生きているとでも？」

「思い出すこともあるだろう。結婚していたということは、一度は愛したということだ。そうであろう？」

「……大切には、していたつもりだ。私なりにな」

心の内に踏み込んでくるような遠慮のない言葉に、それでもなぜか腹が立たないのは、彼があまりに情けない目で自分を見つめてくるせいだろうか。

否定も肯定もしない返答に、雷零の顔が更に歪《ゆが》む。

自分で質問したくせに、どうやら氷咲の言葉の何かが彼の心を抉《えぐ》り傷つけたらしい。

愛していた夫を奪われた氷咲を憐《あわ》れんでのことか、あるいは――否。

その可能性を考える必要はないと、氷咲は自らの思考に歯止めをかけた。

代わりに言葉を重ねる。

夫に対する感情は、友情の延長線上にあるようなそれだった。

それでも、氷咲は氷咲なりに、彼を夫として大切にしていたつもりだ。裏切られた自分のことは恥じても、夫を大切にしていた自分の過去まで恥じるつもりはない。

彼は確かに自分を裏切ったが、卑劣な人間だったわけではなかった。穏やかで、優しく、だからこそ下女の妊娠がわかった際にも隠そうとせず、正直に氷咲に打ち明けたのだ。

嘘のつけない人だった。

そんなところを、人として尊敬していた。

こうして穏やかに当時のことを考えられるようになったのも、時が氷咲の痛みを風化させたからこそ。

「雷零。貴方といるときに、他の男のことなど考えない。私が今見ているのは、雷零だけだ」

「……っ、氷咲、だが」

「信じないならそれでもいい。だが、貴方がいつまでも気にしていれば、私は嫌でも元夫のことを意識しなければならない」

わかるか、と出来の悪い生徒にするように、氷咲は指先で軽く雷零の頭を小突く。

雷零は思い込みが激しいようだが、他者の言葉を聞けぬ石頭でもない。

氷咲の言葉をすぐに理解し、やがて自分の中で咀嚼《そしゃく》し納得したようだ。

「氷咲」

「なんだ」

「余だけを見ていてくれ」

「見ている」

「余のことだけを考えてくれ」

「考えている」

「氷咲は――」

「……うん？」

「気持ちいいから涙を流すのだな？」

「言わせるなと言っているだろう」

肩を軽く押された。

寝台の上に倒され、身動きが取れぬよう雷零がすぐに圧《の》しかかってくる。

氷咲、氷咲と名前を呼びながら舌を伸ばし、顔中を舐める。まるでじゃれつく子犬のようだ。

くすぐったさと悦楽の狭間のような感触に、微かな吐息がこぼれた。

「嬉しい……嬉しい、氷咲。今は、余だけのものだ。そうだろう？」

雷零が氷咲の顎を上向け、喉元に軽く噛みついてくる。

その行為に、これまで笑い混じりに雷零の行為を受け止めていた氷咲は、たちまち慌てた。

龍族の女にとって、喉を噛むという行為は伴侶《はんりょ》にしか許さない特別な行為である。

いにしえの時代、雄《おす》の龍は雌《めす》の龍の喉を噛み歯形をつけることで、その相手が己のつがいだと主張した。その名残だ。

ゆえに大抵の女は幼い頃から、その場所は将来、つがいとなる相手にしか触れさせてはならないと親に言い含められ育てられる。

喉がつがいのみに許される、神聖な場所だと言うだけではない。

龍族の女は喉を嚙まれると強制的に発情を引き起こし、周囲が見えなくなるほどに相手を求めてしまうのだ。発情期間は大抵は一晩で終わるが、かつて不倫相手の喉を気まぐれに嚙んだ間男が大変な目に遭った話は、氷雪族では有名な教訓となっている。

とはいえ、それはごく一部の例である。基本的に龍族は祖先の龍に似て、これぞと決めた相手に一途な生き物なのだ。

だから、この場で軽々しくしていいことではない。

氷咲が雷零と肌を重ねるのは、あくまで指南のためなのだから、そこをはき違えてはいけない。

「ちょ……待て、雷零……そこは」

歯が徐々に肌に食い込んでくるのがわかった。

「待て、そういうことは后に――」

「知らぬ」

「ふ、あ……ッ！　雷れ……い、やめろ」

女にしては氷咲の力は強いはずだった。それこそ、一族の男の誰もが剣術で敵わないほどに。けれど、雷零の厚い胸板はびくともしない。

「いやだ」

短い拒絶と共に、また強く歯が食い込む。普通なら痛みを感じるはずなのに、それだけで腰に重い痺れが広がるのはなぜだろう。

下腹には硬く反り立ったものが押し当てられており、雷零の興奮を嫌というほど伝えてくる。龍族というのはどうにも激しやすい生き物らしいが、まさかこんな場面でその事実を思い知らされようとは考えもしなかった。

ともかく、これ以上は本当に大変なことになってしまう。氷咲は必死の抵抗を続けた。

「雷零、駄目だ。そこは」

「いやだと言っている！　余の言うことを聞け！」

思いがけぬ雷零の大きな声に、氷咲は目を剝いた。

胸の奥にふつふつと怒りが込み上げ、逆に冷静になる。普通の女であれば、ここで怯《おび》えて涙ぐんだりするのかもしれないが、あいにくと氷咲は普通の女らしい繊細さなど持ち合わせていない。

「何が言うことを聞け、だ！」

「いっ……!!」

思い切り耳を引っ張れば、雷零は身体を強張らせた。その拍子に腕の力が弱まったのを、氷咲は見過ごさない。

するりと彼の下から抜け出し、先ほど脱がされた衣裳をさっさと羽織る。

呆然としている雷零を冷たい瞳で見やると、扉のある方向を顎でしゃくってみせた。

「今日の指南はこれまでだ」

冷たい声を発している自覚はあった。そのことに、雷零が愕然《がくぜん》としているのも。

しかし、氷咲にも譲れない一線というものはある。

「お引き取り願おうか、陛下。褥《しとね》で女の訴えも聞けぬというのならば、頭を冷やして出直して来られよ」

§

雷零は長椅子に横たわり、天井を見上げていた。

天井の木目を眺めていると、なぜか段々それが人の顔に見えてくる。

ただの染《し》みだ。似ているはずもないのに、ぼんやりと浮かんだのは氷咲の顔だった。

彼女は睨みつけるように、雷零をまっすぐ見つめていた。

（やってしまった……）

両手で顔を覆い、氷咲の視線から逃れる。

（氷咲を怒らせてしまった……）

昨晩、氷咲に部屋を追い出され、雷零は一晩中己の行動を省《かえり》みていた。

昨日の自分がとんでもないことをしでかしたのは、冷静になった今ではきちんと理解しているつもりだ。

言い訳をさせてもらえるなら――言い訳にもならないが、嫉妬していたのだ。かつて氷咲の夫だった男に。

元夫のことを思い出したわけではない、という彼女の言葉を疑うわけではない。

気持ちいいから涙を流すというのも、恐らくは真実なのだろう。

けれど、だからといって氷咲に夫がいた事実がなくなるわけではないし、どうしても氷咲が他の男と身体を重ねていただろう過去を想像して苦しくなってしまう。

指南役は生娘では務まらぬことも重々承知の上だったはずなのに、氷咲に最初に触れた男が自分でないことが、悔しくてたまらない。

どんなに歯がゆくとも過去を変えられないことはわかっている。だから、自分の歯形を彼女に刻みたかった。

そうすれば、氷咲が自分に夢中になってくれるのではないか。そんな子供っぽい願望を抱いて。

雷零がそんなことを考えたのには理由があった。

あれは十三年前――まだ雷零が十一歳のときのこと。

まだ幼く、後宮への出入りを許されていた彼は、その日、父の妃に迫られ這々《ほうほう》の体《てい》で逃げ出していた。

そしてとある一室に駆け込んだとき、すすり泣くような女の声を耳にした。

部屋の奥から聞こえてくるその声に、雷零は誰かが泣いているのだと思い込んだ。

当時の後宮では妃同士のいじめや女官による嫌がらせが横行しており、涙を流す女も珍しくはなかったからだ。

可哀想《かわいそう》に。この部屋は数日前まで空室だったから、きっと新しく入った妃だろう。

少しでも慰《なぐさ》めることはできないかという純粋な思いで、雷零は部屋の中を覗き込んだ。

むせかえるような甘い香が漂う中に、父がいた。

衣を乱し、こちらに背を向けている。

その広い背中には白く細い足が絡まり、その下で女がひとり、喘いでいた。

若く、まだあどけなささえ残る女の、真っ赤に彩《いろど》られた唇がやけに印象的だった。

すぐに引き返せばよかったのだが、雷零もそういったことに興味のある年頃で、罪悪感を覚えつつも好奇心には勝てなかった。

女の細腕が蛇のように父の背に絡まり、冠を被った頭に触れ、髪を乱す。

父は女の身体に顔を埋《うず》め、何かをしているようだった。よくは見えなかったが、父が顔を動かすたび、すすり泣くような女の声は大きくなっていった。

女の口から嬌声《きょうせい》が上がる。彼女は腰を背をくねらせながら、甘えた声で父に懇願した。

『陛下、ご寵愛《ちょうあい》をくださりませ、つがいの証《あかし》を、どうかわたくしの喉に』

女の媚態《びたい》に、父が笑う気配がした。

彼が首に強く噛みついた瞬間、女が狂ったような甘い叫び声を上げた。

心臓がどくりと大きく脈打つ。全身の血が沸き立つような感覚があった。

初めて目にする男女の行為への恐怖や嫌悪もあったが、それ以上に、興奮のほうが上回っていた。

周囲への憚《はばか》りを一切感じさせない嬌声に、年頃の男子の身体は見事に反応してしまう。

気づけば雷零は、いつの間にか硬くなっていた股間を押さえながら、内股《うちまた》でその場を走り去っていた。

走れども走れども女の声が追いかけてくるようで、ひたすらに、周囲の音を振り払おうと必死で走り続けた。

そうしてようやく自室に戻り、人心地ついた頃、雷零は己の身体の変化が急に恐ろしくなった。こんな場所が硬くなるなんて、自分は何か恐ろしい病気にかかってしまったのではないだろうか。このまま死んでしまったらどうしよう。

半泣きになって乳母に訴えた当時の無邪気な自分を思い出すと、未だに羞恥で死にそうになる。

そのとき、晨雨が口元と肩を震わせ必死に笑いを噛み殺していたことも一生忘れない。

とにかく、そのときに雷零は知ったのだ。

喉を噛むのは、寵愛の証であると同時に、女を狂わせるための手段なのだと。

そうして、ふと思ったのだった。氷咲があの女のように乱れ、まっすぐに自分を求めてくれればいいのにと。

今となっては、浅はかだったとしか言いようがない。氷咲は明らかに、雷零の軽率な行為に怒っていた。制止されたときすぐにやめてさえいれば、氷咲も何もあれほどまでに怒ることはなかっただろう。

正直な気持ちを言えば、意地になっていたのだ。

拒絶の言葉ばかりを口にする氷咲に、夫には許したくせにと見当違いの怒りが込み上げ、つい逆上してしまった。

力ずくで彼女を押さえつけられなかったわけではない。喉を嚙まれれば、彼女も情欲に溺れ、雷零を求めてくれるはずだ。けれどそれはほんのひとときの欲を満たすだけの、愚かな行為に過ぎない。翌朝になって冷静さを取り戻せば、彼女は間違いなく雷零を軽蔑《けいべつ》し、非難することだろう。

そうすれば、部屋を追い出されるどころでは済まない。氷咲は指南役を辞し、ただちに後宮から出て行ったに違いない。

そんな未来が訪れれば、きっと雷零は自分で自分を許せなかっただろう。

氷咲が止めてくれて本当によかった。

(今夜、詫《わ》びの品を持って謝りに行こう。……いや、氷咲は余にしばらく会いたくないかもしれない)

数日、間《ま》を置けば大丈夫だろうか。

出直せと言われたからには、二度と顔を見たくないほど嫌われたわけではないはずだと信じたかった。

第四章　触れ合う心

真珠宮の一室に、雅《みやび》やかな琴の音色が響いている。

演奏しているのは、氷咲《ひさき》の世話をしてくれている宮女のひとりだ。

閉ざされた後宮の中でも退屈しないようにとの心配りであったが、当の氷咲は上の空である。

（さすがに厳しく言いすぎただろうか）

思い出すのは昨晩、雷零《らいれい》を叱《しか》りつけたときのこと。

氷咲から拒絶され、部屋を追い出された雷零は目に見えて落ち込んでいた。

（だが、厳しく言わねばきっと理解してはもらえなかった）

雷零は童貞だ。

喉を噛むことの重大さを、本当の意味では何もわかっていないのだろう。

今回は運よく止めることができた。

けれど、次回また同じことがあったら？

もし力ずくで来られれば、氷咲はきっと雷零を止められない。それに本気で喉を噛まれれば、強制発情によって理性は吹き飛んでしまうだろう。

龍族の女の発情は、男の発情をも誘う。そして一度踏み越えてしまえば、きっと雷零はおろか氷咲まで欲に引きずられてしまうだろう。

だから、自分のしたことは間違っていないはずだ。

けれどここ数日、雷零から何の音沙汰もないことが氷咲の後悔を煽る。

口うるさい指南役に辟易《へきえき》したのであれば、それでいい。

だが、彼は恐らくそういう性格ではない。生真面目に考え込み、ひとり落ち込んでいる姿を想像すると、どうしても胸が痛んだ。

あそこまで冷たく突き放す必要はなかったのではないか。もっと優しい言い方もできたのではないか。堂々巡りの考えが、氷咲の頭を悩ませる。

「氷咲さま、どうなさいました？」

「あ、ああ……すまない」

気遣わしげに声をかけられ、氷咲は慌てて考えごとを中断した。

宮女はとうに琴の演奏をやめ、心配そうに氷咲を見つめている。

「演奏がお気に召しませんでしたでしょうか」

「そんなことはない。素晴らしい演奏だった」

せっかく自分のために琴を奏《かな》でてくれたのに、余計な気を遣わせてしまって本当に申し訳ない。どう非礼を詫びようかと考えていると、傍らに控えていた別の宮女が口を挟んだ。

「もしかして、陛下と喧嘩《けんか》でもなさったのですか？」

すると他の宮女たちも次々と声を上げる。

「そういえば最近、お渡りがありませんね」

「噂によると、ここ数日陛下のお元気がないようだとか」

「仲直りはなさらないんですか？」

女性が噂好きなのは、町中だろうと後宮だろうと変わらないらしい。悪気はないのだろうが、興味津々《きょうみしんしん》で詮索《せんさく》してくる様子に少々居心地の悪い思いをする。

だから、奥の間で衣裳の整理をしていた冬心《とうしん》が慌ててやってきたときは、心底安堵した。

「これ、あなたたち！　何を言うのです！」

「ですが冬心さま……」

「ですが、ではありません。口さがない者の噂話を鵜呑《うの》みにするなど、言語道断ですよ！」

「も、申し訳ございません」

厳しく窘められ、宮女たちは揃って頭を下げる。若さと経験不足ゆえに少々軽率なところはあるが、基本的には素直でいい娘たちなのだ。

「わかればよろしい。あなたがたは夕餉《ゆうげ》の準備でもしていらっしゃい」

「はい、冬心さま」

宮女たちが慌ただしく退室していき、室内にふたりだけになると、冬心が改めて謝罪を口にした。

「教育が行き届いておらず、申し訳ございません」

「いや、気にしていない。私が言える立場ではないのだが、あまり叱らないでやってくれ」

彼女らはいずれ、入内した紅彩《こうさい》に仕える身だ。たった二ヶ月、後宮に身を寄せるだけの女が教育について口を出す権利はない。

とはいえ、先ほどの宮女たちの発言はあくまで氷咲を心配してのことだと伝わってくるだけに、叱られているところを見ると可哀想になってしまう。

「立場なんて……。ここにいらっしゃる間は、氷咲さまが私どもの主人なのですよ」

「ありがとう。冬心は優しいな」

すぐにいなくなってしまう相手など適当に世話をしていればいいだろうに、冬心は氷咲がここに来てからというもの、毎日誠心誠意仕えてくれていた。

他の宮女たちもそうだ。まるで氷咲を本当の主人のように気遣ってくれる。きっと、本当の主人のもとでもしっかりと尽くすことだろう。

「あなたたちの主人となれる紅彩姫は幸せ者だ」

「お褒めにあずかり恐縮でございます。ですが、もし――」

冬心が何かを言いかけたが、すぐに口をつぐんだ。彼女が何を言おうとしたのか、氷咲には言葉の先を想像することはできなかった。

「いえ、なんでもございません。そろそろ宮女たちが夕餉を持ってまいりましょう。私もお茶の準備をいたします」

そうして部屋を出て行った冬心と入れ替わりに、夕餉を持った宮女たちが戻ってきた。

手際よく餐卓《しょくたく》に並べられていく彩り豊かな料理に、氷咲は思わず目を瞠る。

五龍国では珍味として知られる貴苞茸《きほうだけ》の吸い物に、脂の乗った豚と白菜をとろとろになるまで煮込んだ煮物。大海老の黒酢餡かけに、金剛魚のすり身に胡麻をまぶした揚《あ》げ団子。

これまで後宮で出された料理も十分に豪勢だったが、今日の夕餉はその比ではない。

「何か、大きな祝いごとでもあったのか？」

「まあ、氷咲さま。そうではございませんわ。これは、陛下からの謝罪のお気持ちですよ」

聞けば今日の献立は、雷零自ら尚食局に赴き指示をしたのだという。

皇帝のすることではないと半分呆れながら、一生懸命采配《さいはい》を振るう彼の姿を想像して、つい微笑ましい気持ちになってしまう。

たぶん、思いつく限り精一杯のご馳走を用意させたのだろう。

「陛下は本当に、氷咲さまを大切に思っていらっしゃるのですね」

「氷咲さまがお后さまになればよろしいのに。きっと陛下だってそれを望んでいらっしゃるはずですわ。それに、私たちだって……」

年若い彼女たちは、氷咲が指南役に選ばれた詳しい事情までは知らされていないのだろう。それゆえに、時に氷咲ですらひやりとするほどの発言を簡単にしてしまう。

もしここに冬心がいれば、宮女たちの迂闊《うかつ》さを再度注意していたはずだが、彼女たちにとっては幸いなことに、今ここに冬心はいない。

「気持ちは嬉しいが、私は単なる指南役だ。あなたたちの主人は紅彩姫。それを忘れてはいけない」

もし、紅彩の前で氷咲の話題でも持ち出せば、彼女らは忠誠心の薄さを責められるかもしれない。あるいはそうならずとも、紅彩を傷つけることになるかも。

これ以上まずい発言が出る前にやんわりと釘を刺せば、宮女たちははっと顔を見合わせて頭を下げる。

「出過ぎたことを申しました。お許しください」

「いいんだ。冬心の手伝いでもしてくるといい」

軽い口調でそう言えば、宮女たちは安堵したように顔を見合わせ、足早に部屋を立ち去っていった。

その背中を見送り、氷咲はゆっくり長椅子から立ち上がる。

「氷咲さまがお后さまになればよろしいのに……か」

なぜかその言葉が、やけに脳にこびりついて離れなかった。

§

部屋の外から扉を叩く音が聞こえたのは、食事を終えて人心地ついた頃だった。

「きっと陛下ですわ！」

指示するより早く、宮女たちがそわそわと扉を開けに行く。

果たしてそこには、彼女たちの期待する雷零が佇んでいた。なぜか手に、漆塗《うるしぬ》りの盆を抱えている。

「氷咲……。その、入ってもよいか？　そなたと話をしたい」

先日の一件がよほど堪えたのだろう。顔を見ずとも、彼が今どんな表情をしているのか声でわかるほどだ。

「……入られよ」

椅子から立ち上がり扉のほうへ視線をやれば、肩を丸めた雷零と目が合う。

久方ぶりに目にする彼は、親に置き去りにされた迷子か、飼い主に捨てられた子犬のような風情《ふぜい》だった。

反省しているらしいことはよく伝わってくるが、威厳が根こそぎ削げ落ちた姿を宮女たちに見せるのはいかがなものか。

そっと冬心に目配せすると、気を利かせた彼女が宮女と共に部屋を出て行く。

「座るといい」

「ああ。その前に、これをそなたに……」

差し出された盆の上には、うさぎの形をした小さな饅頭がのっていた。可愛らしいと言いたいところだったが、なぜか目も鼻も位置がずれていて、絶妙な愛敬《あいきょう》を感じる仕上がりになっている。

「余が仕上げたものだ。もっと上手くできると思ったのだが」

ふてくされたような、気まずげな独特の表情に、思わず吹き出してしまった。

太い指でちまちまとした作業をする彼の姿や、尚食局の女官たちの慌てぶりを想像するとおかしくてたまらない。

「……本当は可愛く仕上げたかった」

「これはこれで味があっていいと思うぞ。せっかくだから、一緒に食べよう」

笑いかけると、雷零はほっとしたようにようやく椅子に腰を下ろした。しかし、氷咲が茶を淹《い》れて出しても、一向に饅頭に手をつける気配がない。

「食べないのか」

「……ああ」

「甘い饅頭は好物だと言っていただろう？」

「……食欲がない」

力のない返事に、氷咲は苦笑してしまった。

落ち込んで食欲をなくすなど、繊細にもほどがある。まるで思春期の乙女だ。

「──雷零」

名を呼ぶと、弾かれたように雷零が顔を上げた。

その目には、また氷咲に叱られるかもしれないという怯えが滲んでいる。

「ほら、口を開けて」

反射的に指示に従った彼の口へ、饅頭を一個放り込む。

むぐむぐ言いながら飲み込んだ彼の口におまけでもうひとつ放り込み、氷咲はできるだけ優しく微笑みかけた。

「もっと食べろ。この後、体力を消耗したくないというならば話は別だがな」

「この、後……？」

「私の指南が必要だろう？」

頬についた食べかすを指先で拭ってやりながら言えば、雷零はぱっと灯りがともったかのように、たちまち表情を明るくした。

§

「雷零。女にとって喉は、伴侶にしか噛むことを許さぬ場所だ」

ふたりきりの寝室で、寝台に並んで腰掛けながら、氷咲は雷零の手を握って彼の顔を覗き込んだ。蝋燭の薄明りの中で、雷零は唇を真横に引き結び、神妙な表情をしている。

ごつごつとした太い指に自身の指を絡め、摑んだ彼の手を、氷咲は己の喉元に軽く押し当てた。

「結婚して初めて、夫となる男に噛んでもらう。我々龍族にとっては、神聖な儀式のようなものだ。もう二度と、あのようなことはするな」

「……わかった」

目を伏せ、小さな声で雷零が言う。

「氷咲が嫌がることはしない」

納得したというより、氷咲が言うなら仕方ないというように聞こえたが、この際やめてもらえるのならばなんでもいい。

「ん、いい子だ」

氷咲は幼い子供にするように、くしゃりと赤い髪を撫でた。

図体だけは立派なくせに、女慣れしていないからだろうか。氷咲にはどうにも雷零が大きな子供のように思えてならない。だが、その子供扱いが雷零には不満のようだ。

「余は子供ではない」

唇を尖らせて——ああ、そんなところが子供だというのに——絡めた指先に力を込めて、氷咲を動けなくするその力と眼差しは、ちゃんとした大人の男のそれだ。

「氷咲」

「雷、ん——……ぅ」

厚くて熱い舌が氷咲の唇を押し開き、ぬるりと中へ侵入してくる。

氷咲はそれを拒まない。優しく口内を舐め回す舌の動きは、やはりぎこちなかったが、強く舌を擦り合わせればぞくぞくとした快感が背筋を這い上がり、鼓動が速くなる。

「氷咲、会いたかった。この数日、そなたに会えずにどんなに辛かったことか……」

「ん、ん」

喉の奥でくぐもった声を上げるたびに、氷咲の手を握る雷零の力が増していく。

「そなたに嫌われたのかと思って、怖かった」

「嫌うはず、ないだろう……」

「本当か？」

「——本当だ、んっ……」

会話の合間に舌先同士を突き合わせ、擦り合わせる。

互いの唾液を擦りつけるような淫らな動きも、水音も、交合そのものを思い出させるようで、氷咲の下腹を熱く疼かせた。

互いの境界線すら曖昧になるほどに唇を強く押しつけ合い、時に食べようとでもするかのように軽く歯を立てる。そうしているうちにふたりは互いの衣に手を伸ばし、競い合うように脱がせていった。

はだけた衣の袷から白い乳房がこぼれ出て、深緑の瞳の前にさらされた瞬間、彼がごくりと息を呑んだのがわかった。

「氷咲……っ」

息も荒く押し倒され、圧しかかられる。

会えなかった数日間で熱がたまっていたのか、今夜の雷零は少し性急だった。首筋に吸いつきながら、ふたつのふくらみを鷲《わし》づかみにして揉みしだく。

氷咲が教えた通り、饅頭の生地を捏ねるように、ほどよく強く優しく。逞しい手指に肌を擦られる感覚に、氷咲は喉を反らしながら甘やかな吐息を漏らした。

「あぁ、雷零……」

恍惚と名を呼びながら、氷咲は彼の首の後ろに手を回した。部屋は涼しいほどだというのに、しっとりと汗ばんでいるのがわかる。

「雷零……もっと触れて……ひっ、ぁッ！」

突然、ぎゅう、と乳を搾り出すかのように強く先端を抓られ、氷咲は背筋を弓なりに戦慄かせた。鋭い刺激が背筋を走りぬけ、きゅっと締まった足の間から、どっと蜜が溢れ出すのがわかる。数日ぶりの感覚だ。

「すまない、痛かったか？」

「痛くない、大丈夫だ……、ぅ、あ……」

否定したにも拘らず、彼が労《いた》わるようにその場所を舌でくすぐる。

強く摘まれたせいで充血したそこは、普段より少しだけ赤く、珊瑚《さんご》色に染まっていた。

艶やかに色づいたその場所を、雷零は執拗《しつよう》に弄《もてあそ》んだ。舌先で転がし、舌の腹で下から上へ舐め回し、軽く押しつぶす。

濡れた刷毛でくすぐられるような感覚に、氷咲はたまらず身をよじった。けれど快感は、決して氷咲を逃がしてはくれない。

腹の奥の痺れは強まる一方だ。どろりと重く、熱いものが身体の中にたまっていく。

「んぁッ、らいれ……っ、吸って……」

自分でも信じられないほど甘ったるい、愛撫《あいぶ》をねだる声が溢れた。

雷零はその願いを躊躇いなく叶えてくれる。

音がするほどきつく吸い立てられ、しゃぶられ、頭の中で白い閃光が幾度も弾ける。

（気持ちいい。もっとほしい……）

快楽に押し流されては駄目だとわかっているのに、理性が快楽に絡めとられ、もうそれ以外考えられなくなってしまう。

「気持ちいいのか？」

「あ……ッ、悪くは、ない……」

翻弄されている状況が癪で少し意地を張った氷咲だったが、雷零はそれでも嬉しそうに笑っていた。

「ならば、もっと気持ちよくなってもらわねばな」

荒い呼吸を繰り返す氷咲を見下ろしながら、雷零は彼女の下衣に手をかけた。

「腰を浮かせてくれるか？」

雷零の熱い視線だけで、じりじりと肌が灼《や》ける感覚を覚えた。

氷咲は目をきつく瞑《つむ》り、己の身を守るように抱きすくめながら従う。そうでもしなければ、とてもまともでいられないと思った。

腹から臍《へそ》、腰から太ももにかけて、徐々に肌が空気にさらされていく。布が肌を撫でる感触にすら快感を覚え、ぞくりと背筋に痺れが走った。

「綺麗な足だ」

氷咲の右足首を唐突に摑んだ雷零が、そう言いながら足を持ち上げる。

あまりにも突然で、抵抗する暇すらなかった。

爪紅を塗った足先にそっと口づけを落とした雷零が、あらわになった秘部をじっくり見つめている。痛いほど熱烈な視線だった。

「……本当に綺麗だ」

下半身を形容する台詞《せりふ》として、それは正しいのだろうかという疑問は置いておくとして、さすがにそんな場所をまじまじと見られて平気でいられるほど女を捨ててはいない。

「放せ、雷零……」

身をよじって彼の拘束から逃れようとするが、がっしりと摑まれた足はびくともしなかった。

「放さない」

きっぱり宣言した雷零が、氷咲の薄い腹に唇で触れる。

むずがゆいような感覚に身体が勝手に跳ねてしまい、氷咲は必死で懇願した。

「う、……はぁっ……、やめ、雷……っ」

「これは、してはいけないことなのか？」

そうだと言えば彼はきっとやめてくれるだろうが、氷咲は元来嘘《がんらい》のつけない性分《しょうぶん》である。

「そ、ではないが……っ」

「ならば問題ないだろう」

つ、と舌が臍の窪《くぼ》みに潜り込み、その場所をくすぐった。

皮膚の薄いその場所を舐められると、たまらない愉悦《ゆえつ》が全身を駆け巡り、手足から力が抜けていく。

やがて雷零の舌は明確な意思を持って、臍から足の付け根を目指して下っていく。

舌がその場所に近づくにつれ、恥ずかしいと思う気持ちとは裏腹に、身体はますます熱を帯びた。胸の奥が甘く疼いて、どうしようもないほど切ない心地になった。

そしてとうとう、雷零の唇が秘めた場所を暴《あば》く。

「ひっ……あぁッ！」

甘い嬌声に気をよくしたのか、雷零の舌はなおも妖《あや》しく蠢《うごめ》いて、氷咲を追い詰め始めた。

溢れる蜜を舌先ですくい、舐めとり、入り口に時折舌を差し込んでは、ぐるりと円を描くように舐め回す。唾液と蜜が絡み合う淫猥《いんわい》な水音が耳を犯し、足の間で揺れる雷零の赤い髪が視界を犯す。

「あ、あ……っ、あぁん……！」

口を開けばみっともない声がこぼれ、必死で唇を押さえるけれど、もう堪えることなどできはしない。

自分でも恥ずかしくなるほど甘ったれた喘ぎ声を上げながら、それでもこの快感からなんとか逃れようと、雷零の頭に手を伸ばした。

しかし、ささやかな抵抗は失敗に終わった。

氷咲の手は彼の髪を掻《か》き乱すだけに留まり、端から見ればまるで、自ら雷零の頭を秘部に押しつけるような形になってしまったからだ。

やがて雷零が、ふっくらと熟《う》れたつぼみを覆う包皮を剝き、秘されていた花芽をあらわにする。赤く充血した真珠のような粒を、舌先でおずおずと撫でる。

氷咲の身体の中で恐らく一番敏感なその場所は、そんな些細《ささい》な刺激ですら、何倍もの愉悦として拾い上げてしまう。

「あっ、あぁッ……!!　雷、雷零……ッ、い、やだ……っ」

「痛くないならやめない」

内ももをぶるぶる震えさせながら必死で紡いだ拒絶の言葉は、即座に切り捨てられた。

剝き出しの花芽に与えられる強い刺激は耐えがたく、抗《あらが》いがたく、氷咲はたちまち天上まで昇り詰める。

目の前が白く弾け、視界がかすむ。頭の中で、小さな熱の塊《かたまり》が爆《は》ぜたかのようだ。

視界も、思考も、何もかもがぼんやりとしているのに、鼓動だけは力強く脈打っている。

「氷咲、大丈夫か氷咲……！」

軽く意識を飛ばしかけたが、身体を揺さぶる熱い手のひらの感触によって現実へ引き戻された。自分が情けないほどに無防備な状態であることに、ほんのわずかな照れくささを覚える。

「ん……大丈夫。達しただけだ」

「気持ちよかったということか」

「……ああ、とても」

飾り気のない言葉で素直に告げれば、ぼやけた光景の中、深い緑色の瞳が間近まで迫ってくる。あっという間に、唇を塞がれた。

「ん……ふ……」

上り詰めた後の優しい口づけが、こんなにも心地よいなんて。

舌を絡ませながら雷零の背中を指で辿れば、筋肉が緊張して硬くなるのが伝わってきた。

「先ほどのようなやり方を、どこで覚えた？」

「男女の交わり方が記された本だ。氷咲に喜んでほしいと思って、ひとりでこっそり勉強していた」

「それは……、んっ、ふふ……、ずいぶんと熱心なことだ……」

くすぐったさに笑いが込み上げる。先ほどの夕餉や饅頭もそうだが、彼が自分のために何かしてくれたということが嬉しかった。

「ならば、そろそろ最後まで進んでもいいだろう」

「最後……」

期待するように、雷零の目が輝く。

今すぐにでも氷咲に飛びつきたいという顔をしていたが、釘を刺すことも忘れない。

「だが、決して急がないように。私相手ならいいが、生娘が初めて男を受け入れるときは、相応の痛みと出血を伴うからな」

「本にも書かれていたが、やはり交合とは痛むものなのか？」

出血、という物騒な言葉に雷零はわずかに顔色を変えて、気遣わしげに氷咲を見た。

「そうだな、強引にすれば生娘でなくとも痛む。だから指や舌でじっくり慣らして、緊張が解《ほぐ》れるよう優しい言葉をかけるといい」

「優しい言葉？」

「特別な言葉はいらない。貴方だったら、自分を受け入れるために痛みを我慢しなければいけない相手に、なんと声をかける？」

しばし考えた末、雷零はまっすぐ氷咲の目を見つめながら囁いた。

「……大丈夫だ。優しくする……」

真摯な眼差しに、一瞬、自分が彼にとって特別な存在になったような錯覚に陥《おちい》った。胸に何かが込み上げそうになるのを危うく押しとどめ、顔に笑みを貼りつける。

「上出来だ。では教えた通りに、まず指で優しく解して」

雷零の右手を摑み、氷咲は己の秘所へそっと導く。

そこは既に先ほどの愛撫によってぬかるんでおり、雷零の指が触れると小さな水音を立てた。

「ここは繊細な場所だから、傷つけないように優しく触れるといい。蜜をまとわりつかせてから、指を入れて……」

雷零の手を摑んだまま、氷咲は己の指を彼のそれに添える。

前後にゆっくり滑らせると、蜜がくちくちと泡立つ音を立てた。雷零の太い指がたっぷりと蜜を纏い、遠慮がちに中に侵入してくる。

十分に濡れていたが、やはり異物感は拭えない。痛みはなくとも、快楽とは遠かった。

だが、むしろそのほうが都合がいいのかもしれない。これは、いずれ彼が華炎の姫君を抱くときのための予行練習なのだから。

――そう、ただの練習だ。心を動かす必要など、どこにもない。

(大丈夫。わかっている……。私は、己の立場をわきまえている)

ざわつく気持ちを落ち着かせるように、胸の奥の違和感を逃《のが》すように、何度か深呼吸を繰り返した。

「雷零、指を動かしてみろ」

「……こうか？」

指が、膣内をゆっくりと前後する。

「ん、そうだ。快楽を覚えるまでに時間がかかるだろうが、焦《あせ》らず、根気強く中を擦り続ければいい」

「女の身体は複雑なのだな」

雷零は感心した様子で呟き、教えた通りに根気強く中を擦り続けた。指が往復すると共に、やがてその場所はじんじんと疼きを訴えてくるようになる。

くすぐったさともどかしさの中間にあるような感覚が、波のように押し寄せる。

「ん、あ……っ」

「氷咲、たくさん溢れてきた……」

「ふ、ぅ……っ。では、そろそろ指を……、増やしてみるといい」

湿り気を含んだ声は他人のもののようだ。

なんていやらしく男を誘う声なのだろう。己の中に『女』の部分が眠っていたことに、自分で驚いてしまう。

一本目の指を入れるときと同じくらい慎重に、二本目の指が差し入れられた。入り口を広げる、引きつる感じはやはりあるけれど、それ以上に快楽を求める気持ちが勝《まさ》る。

「雷零、指を曲げて」

「こうか」

「ん……、女にはそれぞれに、よく感じる場所というものがある。相手の反応を見ながら探してみるといい」

雷零の指が膣壁を擦り、そっと押し上げる。それを何度か繰り返し、好《よ》い場所を探り当てたようだ。

弱い場所を重点的に擦られ、中がぎゅっと窄《すぼ》まる。太ももが強張り、爪先が敷布を掻いてゆるやかな皺を作った。

「っ、今、私の中が締まったのがわかるか……？　女の中は、快楽を感じると狭くなる」

「それは何のためだ？」

「雄を……その子種を、喰らうためだろうな。交合はよく、男が女を喰うと表現されるが、実際に喰われているのは男だと私は思っている」

「では氷咲は、余を喰らうのか」

「――ああ、そうだな。腹の中に貴方の一部を招き入れて、喰らう」

雷零の瞳の中に映る、うっそりとした微笑を浮かべる自分は、まるで魔性のようだ。

成人男性とは言えいたいけな年下を相手にしていることに、今更ながら背徳感にも似た思いを抱く。

そして、不思議な高揚感と感慨深さもあった。

（私が、雷零を初めて喰らう女になるのだ――）

雷零の雄の部分は、既に準備ができていた。袴の上からでもわかるくらい如実に興奮を現している。

早く、早くと欲する声が自分の内側から聞こえるようだ。

氷咲はその声に抗わない。

「袴を脱いで、私の中へ……来るといい」

「っ――」

頬を染めた雷零が慌てた手つきで下半身の衣類を脱ぎ捨てる。覆うものを失った雄の象徴が、跳ねるようにまろび出た。

あまりに立派に反り立って天を突く様に、氷咲は思わず我が目を疑うほどだった。元夫のものしか実物を知らないものの、これが規格外れの逸物《いちもつ》だということはわかる。

（入る、だろうか……）

涙のように先走りを迸《ほとばし》らせる立派な熱杭を見ているうちに、段々と臆しそうになってきた。それでも懸命に己を鼓舞《こぶ》し、氷咲は雷零の腰に足を回し、彼の身体を限界まで引き寄せた。

雷零の腹につくほど反り返ったそれに手を添え、己の蜜口にあてがう。彼の一部は、熱く脈打っていた。

「わかっていると思うが、入れる場所はここだ」

「これほど狭い場所にこんなものを入れて、裂けぬのか」

「子を産む場所だ。貴方が思うより柔軟にできている。ただし、逸《はや》るな。どれだけ解しても、やはり生娘にとって痛みは避けられないもの。ましてや、それだけの大きさであればな」

童貞にもわかりやすいようにと配慮したつもりだったが、雷零がたちまち表情を強張らせるのを見て、己の失言を悟る。

彼は非常に悔しそうな顔をしながら自分の剝き出しの下半身を見下ろし、睨むように氷咲を見据えた。

「大きい。それは、誰と、比べての話なのだ」

「……気にするな」

「気にするに決まっているだろう！　なぜ余といるときに、別の男の話を持ち出す!?」

今度は半泣きになりながら、氷咲を責める。

今のやりとりは完全に氷咲のほうに非があった。その自覚があるだけに、目をそらして
なんとか論点をずらすことしかできない。

「雷零のほうが大きいということなのだから、別にいいだろう」

「よくない」

「過去の話だぞ」

「それでも嫌なものは嫌だ」

「そうだな、悪かった。……今晩はここでやめるか？」

挑発のつもりは毛頭なく、ふてくされた雷零を気遣ったつもりなのだが、彼は悔しげに
言葉に詰まった。しばらく唇を噛んだ後、駄々っ子のように呟く。

「……やめない」

「それなら、拗《す》ねてないで早く入れろ」

「こう……もう少し、雰囲気とか情緒とかいうものが大事ではないのか……？」

身も蓋《ふた》もない氷咲の誘い文句に、雷零が複雑な表情で苦言を呈する。

「いい雰囲気を作りたければ、自分でどうにかするがいい」

挑発するような氷咲の笑みに、彼は一瞬むっとした顔を見せた。しばらく考え込んだ後、氷咲の両頬を手のひらで包み込む。真正面から目を覗き込み、甘くとろけるような声音で「氷咲」と呼んだ。

何のひねりもないやり方だったが、悪くはない。

及第点をやってもいい。そう考えると同時に、秘所にあてがわれたものが内側に食い込み、ゆっくり奥を目指して進み始める。

あ、と小さな声がこぼれた。

当然だが、見たときより受け入れたときのほうが、その大きさを如実に感じられた。

やはり、大きい。規格外の大きさのせいで、入り口が引きつるような痛みを訴える。それでも、痛みを顔に出すような真似はしない。

氷咲が痛がっていると知れば、この実直で馬鹿正直な男はたちまち狼狽《ろうばい》し、行為を中断するだろうから。

「そのまま、ゆっくり奥へ……」

氷咲は彼の腰に足を回し、彼の身体を自身のほうへ引き寄せた。

その途端。

雷零が身体を大きく震わせ、なぜか泣きそうな顔になる。

「あ……あっ」

やがて彼の口から、ため息交じりの艶めいた声が上がった。

女の径《みち》の中ほどに、熱いものがじわりと吐き出されたのがわかる。それが腹の中でじわじわと広がっていくのを感じながら、氷咲は無言のまま雷零を見上げた。

彼もまた無言のまま、愕然と氷咲を見つめている。

雷零の身に何が起こったのか正しく理解した氷咲は、彼より先に口を開いた。

「あー……その、なんだ。少し早かったが気にするな」

「……うるさい」

「初めてではよくあることだ……恐らく」

書物にもそう書かれていたことを思い出しながら、雷零の自尊心をできるだけ損なわないよう慰める。

だが、下手な慰めは逆効果だったかもしれない。

「うるさい……!!　憐れむような視線を向けるな」

よほど悔しかったのだろう。雷零は顔を真っ赤にしながら、子供の癇癪《かんしゃく》じみた叫び声を上げる。そして萎《しな》びたものをいったん取り出すと、己の手で乱暴にしごき始めた。

「見ていろ、またすぐに……すぐに……！」

ムキになったような表情に、快楽の色は見当たらない。

そんな乱暴にしては、折れてしまうのではないか。

（そもそも気持ちいいのか？）

目の前でいきなり繰り広げられた雑な自慰行為に、さすがの氷咲も心配せざるを得ない。

「雷零、何をやっている」

「もう一度勃《た》たせるのだ！　このままでは皇帝として引っ込みがつかぬ!!」

それは、大真面目に言うことなのだろうか。

どんな顔をすればいいのかわからず困惑している間にも、摩擦された雄の象徴はたちまち硬度を取り戻した。先ほど、少し入れただけで爆発したものとは思えないほどに、立派な様相となる。

雷零はやや疲れたように息を荒げながらも、得意げな表情をしてみせた。

「ほら見ろ！　すぐに勃ったぞ!!」

そんな嬉しそうな表情で、瞳をきらきらさせながら言うことか。

まるで、綺麗な石を見つけて自慢する子供のようだ。

(可愛いな)

嫌味でもなんでもなく、素直にそう思った。きっと、本人に伝えると不服そうな顔をするだろうが。

「……では、次こそ私を楽しませてくれ」

「もちろんだ」

自信たっぷりに胸を反らした雷零が、先ほどより少し慣れた様子で秘裂を分け入ってくる。ゆっくり、ゆっくりと奥へと突き進み、やがて氷咲の臀部《でんぶ》に雷零の腰がぶつかる。

「はいっ……た……」

己のすべてを収めた雷零が、緊張を解くように小さく息を吐いた。

氷咲はそっと微笑むと、彼の額に滲んだ汗を手のひらで拭った。拭いきれず頬に落ちてきた雫は、熱かった。

「しばらくそのままじっとしていられるか？」

「少し辛いが……なんとか……」

「生娘はもっと辛い思いをする。落ち着くまで耐えることを覚えろ」

「く……」

素直に頷いた雷零が腹に力を込める。彼は目元を押さえて天井を仰ぐと、苦しげな呼吸を何度も繰り返して耐えた。しかし本能がそうさせるのか、腰が微かに揺れ動いている。

「我慢しろ。……口づけならしてもいい。そのほうが新床《にいどこ》の恐怖も紛れるというものだ」

言うなり、しなやかな肉体が氷咲の身体に覆い被さる。

遠慮なしに体重をかけられ、熱杭が更に奥へと食い込んだ。内臓を押し上げられる感覚に、氷咲は自然とうめき声をこぼした。

「い――っ」

いきなり圧しかかるとは何事か。

抗議を上げようとした唇は瞬く間に塞がれる。闇雲に突き入れられた舌が口内で暴れ回り、唾液をすべて奪い尽くされるのではないかと思った。

「んっ、んっ、んむっ」

「ふ……、ぁ、氷咲……ひさ、き……」

「んぅ、ん、んン……っ!?」

口づけで興奮してきたのか、雷零は氷咲の忠告も何もかも無視して、勝手に腰を揺らし始めた。初めは多少の遠慮も感じられたが、腰の動きは徐々に速度を増していき、まるで獣の交尾の様相を呈してくる。

(待てと言っただろうが!!)

脳内でそう叫んだが、悲しいことに、塞がれた唇からは喘ぎ声しか出てこない。

腹の奥にはどんどん甘い熱がたまっていき、内側から氷咲の身体をぐずぐずに溶かしてしまいそうだ。

「氷咲、氷咲、氷咲……!!」

「んむぅッ、ん、んん……!」

そう何度も連呼せずとも、これだけ近くにいるから聞こえている。

(こんなにガツガツと叩きつけて、腰骨が折れたらどうする!)

やがて唇は解放されたが、中を穿《うが》つような激しい突き上げに翻弄され、非難するどころではなくなってしまった。

「はぁっ、あっ、雷れ、ばか、待……ッ!!」

「氷咲、ひさ、き……」

だからそれ以外の言葉を口にできぬのか、この男は。

(まるで童貞だな。……ああ、そういえば、つい先ほどまで童貞だった)

この男は、今まさに童貞喪失真っ最中なのである。

(それにしても、もっと我慢できないのか)

氷咲はまるで、自分が生肉にでもなったかのような気分を味わっていた。

雷零は飢《う》えた野良犬で、自分は生肉で、わき目もふらず貪《むさぼ》られているのだ。

（ああ……この野良犬には、「待て」を覚えさせねばならない。それから、食事のときはもっと品よく食べるように躾けなければ……）

快楽で霞《かすみ》がかった頭が、妙な思考を繰り広げる。心の中で自らの国の皇帝を『野良犬』と称した氷咲は、その野良犬に手を伸ばした。

白い女の手はすぐに男の大きな手に覆われ、枕の上に縫いとめられた。

剣を扱う、硬い手だった。

氷咲の手のひらも硬く、分厚いが、雷零の手のひらはもっと硬い。いったい、どれほど鍛錬《たんれん》を積めばこんなふうになるのか。

かつて氷雪族が危機に陥った際、父帝の意思に背いてまで兵を派遣してくれた雷零。

だからこそ、この手は誰かを傷つけるためでなく、守るために鍛えられた手なのだと思った。

気づけば氷咲は顔を横に向け、雷零の手首に唇で触れていた。

まるで恋人同士のようだ。

切なげに眉を寄せる雷零を見て、後悔が脳裏をよぎったが、それもほんの一瞬のこと。

　これも指南役の仕事のうちだ。

　そう割り切って、氷咲は唇を離す。

　その途端、雷零が乱暴と言って差し支えないほどに強く、氷咲の中を穿つ。愛液がしぶき、互いの肌や敷布を汚す。

　直線的な動きには何の技巧もないが、奥にめり込ませるような動きは確実に氷咲の息を上げさせ、追い詰めていく。逃げ場をなくすような打ち込みに休憩する暇すらなかった。むしろ技巧を凝らしてあれこれするよりも、性質が悪い。

「んぁっ、あぁっ……！」

「氷咲、大きな音が……かなり濡れているな。溢れてきて……」

「い……っ、うな……!!」

　雷零を睨みつけた氷咲だったが、目が潤《うる》んでいるせいで迫力も何もないという自覚はあった。

（次こそ楽しませてくれ、なんて言うんじゃなかった……！）

　あのときの余裕は、もう氷咲にはない。

「はぁ……、あっ、あぁぁ……！」

「ひ、さき、あ……出る……」

「っ、出せばいいだろう……！」

というか、このままでは身体がもたない。早く終わってほしい。

半ば叫ぶような氷咲の声に呼応するように、内側で熱杭が跳ねる。びゅくびゅくと痙攣《けいれん》しながら精を吐き出す時間は長く、やはりこの男は龍の血を強く受け継いでいるのだと思った。

やがて長い射精の末、ずるりと雷零のものが引き抜かれる。栓を失った入り口からはごぽりと露骨な音を立てて液体がこぼれ、ゆっくりと敷布へ流れていった。

（終わっ……た……）

氷咲は両手両足を寝台の上に投げ出し、長いため息をついた。これでようやく人心地つける。そう思ったのに、圧しかかっていた雷零が、まるで子犬のようにべたべたとじゃれついてきた。

「氷咲、可愛い、氷咲……」

（……そんなわけないだろう）

卑屈になっているわけではない。実際、氷咲はこの時代、この国で美人とされる女性の条件にはとても当てはまらない。

（それに、雷零がそれを言うべき相手は、私ではない）

華炎族の姫、紅彩。

雷零にその言葉を贈られる資格があるのは、彼女だけなのだ――。

§

翌朝の目覚めは遅かった。

体感で寝坊を悟った氷咲だったが、自分に圧しかかる重みのせいですぐには起き上がれない。

胸の辺りで、赤い髪がわさわさと動いている。胸元に顔を沈め、必死に肌をいじっている雷零であった。氷咲が目を覚ましたことには気づかず、一心不乱に舐めたり吸ったりを繰り返している。

氷咲は無言で右手を振り上げると、躊躇いなく雷零の側頭部を叩いた。小気味のいい音がして、雷零が弾かれたように顔を上げる。

「っ、なにをする!?」

「それはこちらの台詞だ。朝から盛るな、鬱陶しい」

言い捨て、起き上がる。

少し視線を下げると、胸元に大量の赤い花びらが散っていた。知らぬ者が見れば、発疹《ほっしん》でも出たのかと心配することだろう。

寝台から降り、床に足をつけた氷咲の裸体を、燦々《さんさん》と窓から差し込む陽光が、余すところなく照らし出す。

口を開けたまま裸身にぼんやりと見入る雷零を無視し、氷咲は床に落ちていた衣裳を手早く身につけた。帯を締めると、情事の後特有のけだるさに包まれていた身体に、芯が入ったかのようにしゃっきりとする。

「まだゆっくりしていていいのに……」

「女官たちが朝の仕事ができずに困るだろう」

あからさまに残念そうな顔をする雷零へ向かって、彼の衣裳を放り投げる。それは綺麗な弧を描き、まだ強く存在を主張している雷零の股間に無事着地した。

「さっさと服を着ろ。その見苦しいものをしまえ」

「みっ、みみっ、見苦しいだと……!?」

「朝から貴方の元気な下半身に付き合ってやるつもりはない」

氷咲はそのまま雷零を置き去りにして、さっさと寝室を出る。

「昨日はその見苦しいいもので喜んでいたくせに……」

扉を閉める直前、ぶつぶつ呟く雷零の声が聞こえてきたが、あえて無視した。

別に喜んでいたわけではない。

(必死な雷零につられて、色々と感じすぎただけだ)

居室へ行くと、冬心と宮女たちが朝餉の準備をしている最中だった。

「おはようございます、氷咲さま」

「おはよう。今日の朝食も美味《おい》しそうだな」

餐卓を覗き込むと、二人分の食事が用意されている。

「先ほど陛下が、朝食は真珠宮でお召し上がりになると」

氷咲の視線に気づいた宮女が、そう説明してくれる。

どうやら氷咲が眠っている間に、雷零が宮女たちに指示を出していたらしい。

普段であればどんなに疲れていても、ほんの少しの物音で目覚めるというのに、昨晩から今朝にかけての自分はよほど気を抜いていたようだ。

そのことが、妙に気恥ずかしく、居心地が悪かった。

やがて身支度を整えた雷零が、扉の向こうから姿を現す。

「まあ、陛下。おはようございます」

「あ、ああ。おはよう……」

ふたりが揃った瞬間、冬心が異様にごきげんな声を上げた。普段、どちらかというと冷静な彼女にしてみれば珍しいことだ。

その上なぜかふたりが食事をとっている間、ずっとあたたかな微笑を向けてくる。

何かいいことでもあったのだろうか、などと他人事のように考えていた氷咲だが、食後に赤豆の大福が出されたのを見て、ようやくその意味を悟った。

これは五龍国において、祝いの席に供される定番の品だ。

たとえば婚礼であったり、成人の儀であったり、あるいは新たな命の誕生の場などでは必ずと言っていいほどこれが食される。

「陛下におかれましては、初となる雲雨の交わりを無事お済ませになられましたこと、心よりの言祝《ことほ》ぎを申し奉ります」

冬心がふたりにだけ聞こえるようそっと囁き、大福を盛った皿を餐桌に置いた瞬間、雷零は真っ赤になり、氷咲は飲んでいた茶でむせそうになった。

どうやら昨日のふたりの声は、部屋の外まで盛大に漏れ聞こえていたようである。隣室に控えていた冬心には、手に取るように室内の状況を把握できたことだろう。

幸いにして冬心はそのことについて深掘りするつもりはないらしく、すぐに食後の茶の用意をしに部屋を出て行った。

しかしあまりの気まずさに、氷咲も雷零も、食事を終えるのに普段の倍以上の時間を費やす羽目になった。

§

その日を境に、ふたりは毎晩のように濃厚な交わりに耽《ふけ》るようになった。

寝室で、居室で、時に庭の東屋で。

衣を脱ぐ間も惜しいとばかりに繋がり、求め合う。

雷零の性欲は底なしで、覚えたばかりの快楽を貪欲に求める姿はまるで獣のようだった。

その夜も、氷咲は雷零との激しい交合を終えた後、身を清めに湯殿を訪れていた。

真珠宮の湯殿には、大地から自然と沸き上がる湯がふんだんに使われており、真っ白な湯気が霧のように視界を遮っている。

洗い場の絺《ほそぬの》で石鹸《せっけん》を泡立ててから身体を擦り、桶に汲んだ湯で洗い流す。そうして広い浴槽に身体を沈めた。

少し熱いくらいの湯が、身体の芯からじわじわと染み渡っていき心地よい。

湯には薬草を浮かべており、効能はよくわからないが、匂いを嗅いでいるだけで健康になれる気がする。

薪が貴重な白麗山では、小さな浴槽に湯を張り、冷えるまでの間にさっと沐浴《もくよく》をすまさねばならない。もちろん、薬草を湯に使うなど夢のまた夢だ。

それに比べ、後宮の湯殿はなんと贅沢なことか。

「ふー……」

手を組んで、大きく上に伸びをする。

肩がきしきしと音を立てるような気がした。このところ毎晩のように、あの巨体を受け止め続けたせいだろう。

あらゆる場所が凝っており、筋肉が痛む。幼い頃から続けてきた厳しい鍛錬でも、これほどに疲れたことはない。

そうしてしばらく身体の疲れを解していると、背後で小さな音がした。

目を凝らすと、人影がぼんやりと見える。その正体にすぐに気づき、氷咲は苦笑した。

薄靄の中、腰に布を一枚巻いただけの姿の雷零が立っている。ただ風呂に入りに来たわけでないのは明らかだ。

「……困った皇帝陛下だ。先ほどあんなにしたのに、まだ元気なのか」

「これでは眠れぬ」

布の向こう側で、雄の象徴が激しく自己主張している。

「こちらへ」

手招きして呼び寄せた雷零を浴槽の縁《ふち》に座らせると、氷咲は彼の腰の覆いを解いた。跳ねるようにまろび出たそれに指先を滑らせると、つるりとした先端を躊躇いなく口に含む。

――歯を立てぬよう、丁寧に。

書物に書かれていたことを思い出しながら、初めての口淫《こういん》を試《こころ》みた。

「あ……」

雷零の喉から、吐息のような声がこぼれる。

「ひさ、き……。そのような、……うっ」

「だが、気持ちいいのだろう？」

欲望を咥《くわ》えたまま答えれば、雷零は目を瞑りながら天上を仰ぐ。舌先で鈴口を舐め、ちゅっと音を立てて吸うと、彼は苦しげなうめき声を漏らした。

どうやら、このやり方で間違ってはいないようだ。

「あぁ、氷咲……」

「ん……ん……っ」

書物には、喉の奥まで咥えこむようにと書いてあったが、雷零のものは大きすぎてとてもではないが入りきらない。余った部分は手で擦ったり、少し強めに握ったりして刺激する。舌を這わせ、擦りつけるようにすると、先端からにじみ出る液体がより量を増した。音を立てて先端を吸い上げると、そのたびに、雷零の屈強な身体がびくびくと震える。

その様子に、不思議な優越感を覚えた。

大の男を、これほどまでに乱している。その事実に、自分の中にある女としての自尊心が満たされていくのがわかった。

もっと追い詰めたい。もっと、乱れるさまが見たい。

情けない顔をして喘ぐ雷零を前に嗜虐心《しぎゃくしん》が刺激される。

氷咲は熱杭を頬張ったまま頭を前後させ、嘔吐《えず》きそうになりながらも、先端を喉にこつこつとぶつけた。

「ひさき、だめ……っだ、出る……」

迫りくる吐精《とせい》の気配に雷零が頭を押しのけようとしたが、その力はあまりにも弱々しく、氷咲を止めるには至らなかった。

どぷり、と青臭い匂いが広がり、氷咲の口内はもったりとした液体で満たされる。

「ん、ん……く……っ」

お世辞にも美味しいとは言いがたかったが、すべてを飲み干した。頬の内側にぎゅっと力を込め、残った分も余さず吸い上げる。

「あ、あ……」

色っぽい声を漏らし、雷零が氷咲の髪を掻き乱す。肩で息をしながら、とろけきった眼差しを向けてくる。

「美味い……のか……？」

「この上なく不味《まず》い。……だが、私のものだ」

放心状態の雷零からようやく身を離し、氷咲は汚れた口元を手で拭った。指先についた精は、舌を伸ばして舐めとる。

「あ」

少し不吉な声が上がると同時に、彼のそれが鎌首をもたげた。

さすが、若い上に覚えたてというだけはある。

半ば感心していると、雷零は頬を染めながら少し気まずそうに氷咲を見つめた。

「──氷咲」

「なんだ」

「すまないがもう一度、頼む」

氷咲は笑いながら、再び雷零の下半身に手を伸ばした。

第五章　紅の姫

――わたくし、大きくなったら晨雨《しんう》お兄さまのお嫁さんになるの。

年下の少女は、満面の笑みでそう言った。

誰もが自分を、『皇太子殿下に近づくための駒《こま》』としてしか見ないのに、少女の黒い目はまっすぐ、無邪気な色を宿して、ただ『晨雨』だけを見つめていた。

――お嫁さんになったら、晨雨お兄さまとずっといっしょにいられるんでしょう？　雷零《らいれい》お兄さまのことも好きだけれど、晨雨お兄さまのほうが優しいから、もっと好きなの。

花が綻ぶような少女の笑顔を、楽しげに弾む声を、守りたかった。自分ならば守れると、信じていた。

だから晨雨は頷いた。

——ずっと、ずっと一緒にいましょう。私が貴女を守るから。

——本当？　嬉しい！　それじゃ、約束ね。

——ええ、約束です。

それはただ無邪気でいられた、無知で愚かな子供時代の約束。

今では決して叶うことのない、夢の話。

§

紅彩《こうさい》姫の入内が一ヶ月後に迫ったその日、晨雨は五龍国の南、華炎領を訪れていた。

間もなく后となる紅彩に、婚礼の贈答品を届けるためである。

後宮への入内は一般的な婚礼とは違うが、婚礼にまつわる諸々の儀式は変わりなく行うのが通例だ。

皇宮からもたらされた贈答品の目録には、最高級の絹やたくさんの玉、金子に高価な香、健康な牛馬に鶏、広大な田畑など、目を瞠るような品々が記されている。

口うるさい華炎族長も、これには文句のつけようもないだろう。

「そういえば、太保と紅彩姫は幼なじみなのですよね」

族長の屋敷へ向かう道すがら、側近が馬車に馬を寄せ、そう話しかけてきた。

「畏れ多くも陛下の乳兄弟として、従妹君である紅彩さまと交流する機会も多くありました。よく、蹴鞠《けまり》などをして遊んだものですよ」

「長らく女人と無縁だった陛下がようやくお迎えになるお后さまですから、きっととても美しい方なのでしょうね」

「それはもちろん」

晨雨は素直に頷いた。

紅彩は幼い頃から、本当に愛らしい娘だった。

射干色の髪に濡れたような黒い瞳が特徴的で、綺麗な衣裳を着て座っている姿は、まるで名匠の手による人形のよう。

苛烈な者の多い華炎族の娘としては珍しく、虫も殺せぬ気弱な性格であったが、それゆえに目下の者にも分け隔てなく接する、心根の優しい娘であった。

晨雨のことも、雷零と同じく『お兄さま』と呼んで慕ってくれたものだ。

(最後にお目にかかったのは、確か紅彩さまが十三歳のときだったか……)

先帝が崩御した後、宮中での催しがすべて女人禁制となり、皇帝の従妹といえど気軽に皇宮を訪れることができなくなったためである。

おかげで直接交流する機会はめっきりなくなったものの、彼女からは折りに触れて文が届いた。

『親愛なる晨雨お兄さま』

そんな書き出しで始まる手紙はいつもとりとめのない、けれど無邪気で嫋やかな彼女らしく、優しい内容ばかり。いつも冷静沈着と言われる晨雨ですら、読むと思わず口元が綻ぶほどだ。

(陛下も、少しはお返事を差し上げればよかったのに)

初めの頃は雷零にも同じように文が届いていたのだが、筆無精な彼は一度も返事を書かなかった。ゆえに、代わりに晨雨が己の文の中で、雷零の近況を綴って報《しら》せるようになったのである。

(まったく、陛下には困ったものだ)

紅彩は幼い頃から雷零に想いを寄せ、折りに触れ彼の身を案じ、刺繍を施した手巾《はんかち》や衣などを贈ってくれていたというのに。

それでなくとも婚姻は家と家の結びつきだ。いかに皇帝とはいえ、強大な権力を持つ華炎族を蔑《ないがし》ろにするような真似は許されない。

だからこそ未来の后を大切にするよう、口を酸っぱくして何度も注意したにも拘わらず、彼は聞く耳を持ってくれなかった。

（まあ、さすがに后として迎えれば陛下も考えを改めることでしょう）

心配なのは、このところ彼が若干氷咲《ひさき》に入れ込んでいるように見えることだが、それも彼女がお役御免になるまでのこと。さしたる問題ではないだろう。

そんなことを考えているうちに、晨雨一行はようやく族長の屋敷に到着した。

馬車を降りると、門の前には既に族長である炎雄《えんゆう》やその家族が立ち並んでいた。使用人もずらりと頭を下げ、一行を出迎えてくれる。

さすが裕福な華炎族だ。

族長一家もさることながら、使用人の装いも華やかである。

「遠路はるばるようこそおいでくださいました、太保。無事のご到着をお待ちしておりました」

「炎雄殿。出迎えに感謝いたします。奥方も、ご子息たちもお元気そうで何よりです。それから――」

族長とその家族に挨拶をした晨雨は、そのやや後方で侍女に付き添われ慎ましく俯いている、薄桃色の衣裳の娘を見つけた。

「紅彩さま、お久しぶりにございます」

「紅彩。いつまでもそんなところで俯いておらず、前に出てご挨拶をせぬか」

父に促され、紅彩が少し怯えたように顔を上げた。

黒く艶やかな長い髪に、同じく黒くつぶらな瞳。

咲き初めの桃の花を思わせる、小作りな愛らしい顔立ちに、思わず息を呑みそうになる。

儚げという言葉がぴったりの彼女は、以前より更にその可憐さを増し、水の垂れるような美しい娘となっていた。

おずおずと前に進み出た彼女は、晨雨と目が合うなり少し安堵したような、綻ぶような笑みを浮かべた。

「お久しゅうございます、晨雨お兄さま。お目にかかれてとても嬉しいですわ」

記憶の中より大人びた姿の彼女が、美しい礼を披露する。

流れるような美しい所作に思わず見とれてしまった晨雨だったが、娘を叱る炎雄の声で我に返った。

「紅彩！　子供のときとは違うのだぞ。太保とお呼びするのだ！」

「も、申し訳ございません、お父さま……」

父の厳しい物言いに長い睫毛を伏せた紅彩が、震える声で謝った。

叱責《しっせき》がよほど堪えたのか、晨雨にはその横顔が少し青ざめているように見えた。

（炎雄殿は元々厳格な方ですが……）

躾けと言われればそれまでだが、父親から娘に対する一般的な態度と比べ、少し厳しすぎる気がする。

ましてや紅彩は幼い頃とても病弱で、少し冷たい風に当たればすぐに熱を出して寝込むほどだった。

小さな背中を丸めて咳をする姿を、何度も痛々しく思ったものだ。

だが、思い返せば昔から炎雄は紅彩へのあたりが強かった。紅彩は常に父親に怯え、おどおどと人の顔色ばかり窺っていたような気がする。

（いや。あえて厳しく接することで、娘を強く育てようと考えたのかもしれない）

紅彩は成長してすっかり丈夫になったという話だし、部外者の晨雨が口出しすることでもないだろう。

「太保も長旅でお疲れでしょう。ささ、どうぞ中へ。まずは茶でも飲んでおくつろぎください」

「ええ……」

炎雄に先導されて屋敷内へ向かう途中、気になってもう一度紅彩のいたほうを見る。

自室へ戻るところなのだろう。侍女を伴い、奥の院へ向かう背中はやけに小さく見えた。

§

その夜、屋敷では盛大な宴が開かれた。

族長一族はもちろんのこと、華炎族の有力者やその奥方たちも招かれており、ずいぶんと賑やかな様子であった。

膳《ぜん》には高価な食材が惜しみなく使われた料理や、華炎名物の美酒が並べられ、広間の中央では美しい舞女《おどりこ》たちが、華やかな音楽に合わせて舞を披露している。

軽やかな鈴の音、力強く冴え渡る笛の音。

舞女たちが旋回するたびに帔帛が宙で踊り、招待客たちの間に歓声が巻き起こった。

「いいぞ！　なんと美しい！」

「眼福、眼福。寿命が延びるようじゃわい」

「素敵ねぇ。さすが族長さまの宴は贅沢だわ」

そこかしこから聞こえてくる賞賛の声に、炎雄は喜色満面であった。

「どうですかな、太保。我が家お抱えの舞女たちは。……まあ、皇宮で披露される舞を見慣れている太保にとっては、お目汚しかもしれませぬが」

隣に座って静かに酒を飲んでいた晨雨に、上機嫌に話しかける。

謙遜の陰に自慢が見え隠れしており、相変わらずの自己顕示欲に、晨雨は思わず苦笑をこぼしそうになった。

「華炎の地に相応しい、力強くて美しい舞ですね」

裕福なだけあって、抱えている舞女たちの質がいい。粒選りの美女揃いで、腕前は皇宮の舞女と比べても遜色《そんしょく》ないだろう。

「舞もさることながら、食事やお酒も素晴らしいものです。宴の采配は奥方が？」

「恐れながら、今回の宴は紅彩が采配を振るいました。もうじき入内するのだから、このくらいはできませんと。なぁ、紅彩」

炎雄は、傍らで控えていた娘に声をかける。

「……はい、お父さま」

この宴の主役でありながら、紅彩は先ほどから影のようにひっそりと息をひそめており、食事にも酒にもほとんど手をつけていない。

「それ、お前、太保に楽のひとつでも御披露したらどうだ。ちょうどそこに琴があるだろう」

先ほどまで舞女たちのために曲を奏でていた琴を、炎雄が顎でぞんざいに示す。

「紅彩は琴が得意でしてな。実に美しい音色を奏でると、琴の師からもお墨つきをもらっているのですよ」

「そうですか……」

自慢げな炎雄の言葉に適当に相づちを打ちながら、晨雨は紅彩の挙動を注視していた。

化粧が濃いだけならよいが、先ほどから妙に顔色が白いのが気にかかる。

そして紅彩が父の命令に従おうと立ち上がった瞬間、それは起こった。

「紅彩さまっ！」

紅彩の身体が大きく傾ぎ、そのまま倒れそうになる。

鋭い声を上げて彼女の身体を抱き留めた晨雨は、ぐったりと力の抜けた様子に眉尻を上げた。

よく見れば彼女の額にはうっすらと汗が滲んでおり、呼吸は荒かった。身体は薄く、驚くほど軽い。そっと手首に触れると、肌の冷たさと脈の弱さが感じられた。

「紅彩さま、大丈夫ですか？」

「たいしたことはございません。裳に足が引っかかっただけでしょう」

紅彩本人から返答があるより早く、炎雄が会話に割り込んでくる。

「炎雄殿」

言葉尻をきつくして、晨雨は睨むように相手を見た。

さすがの炎雄も、太保の怒りに触れてはまずいと思ったのが慌てて口をつぐむ。

「紅彩さまはお加減がすぐれぬご様子。間もなく皇后となられる身に何かあっては大変ですので、自室で休んでいただきましょう」

「そ、そうですな。――誰ぞ、紅彩を部屋で休ませよ！」

すぐに侍女たちが駆けつけ、紅彩の身体を支えながら退室する。

弱々しい足取りで去っていく姿を見届けてから、晨雨は再び炎雄に向き直った。

「近頃は丈夫になられたと伺っておりましたが……」

「いえ、その、近々皇宮へ赴くことで胸がいっぱいになり、よく眠れていないと申しておりまして」

「……後ほど紅彩さまのお部屋へ、滋養強壮に効くよい薬をお届けしましょう」

先ほどの紅彩の様子を見る限り、取り繕うような炎雄の言葉が真実であるとは、とても思えない。

しかし、今更彼の虚偽《きょぎ》を暴《あば》いたところでどうにかなる話でもない。

結局、晨雨は胸に抱いた疑念を飲み込み、従者に薬の準備をするよう指示することしかできなかった。

§

宴が終わった後、晨雨は自ら薬を持って紅彩の部屋を訪ねていた。

もちろん、未婚の娘の――それも主君の妻となる女性の自室に足を踏み入れるような真似はしない。扉の前で侍女に薬を渡し、見舞いの言葉を残して去ろうとした。

しかし、客間へ戻ろうと踵を返すなり、背後から声をかけられる。

「お待ちください、晨雨お兄さま……！」

見れば侍女の制止を振り切り、紅彩が部屋から飛び出してきたところであった。

慎ましく上掛けを着込んでいるものの、既に顔の化粧は落としており、寝支度を調《ととの》えていたことは明らかだった。

（やはり、顔色が悪い……）

本人は気づいているのかどうかわからないが、化粧を落としたことで、より頬や唇の白さが際立っている。具合がよくないことは一目瞭然だった。

「お嬢さま、起き上がってはいけません。今日だけで、もう二度もお倒れになりましたのに」

「二度も？」

侍女の迂闊な発言を、晨雨は聞き漏らさなかった。先ほどの宴の席以外でも、紅彩は倒れたというのか。

片眉を上げた晨雨に、侍女が己の失言を悟ってさっと青ざめる。

すると紅彩が、侍女をかばうように前へ進み出た。

「たいしたことはないのです。庭の小石に躓《つまず》いただけで……」

「その、嘘をつくときに両手を組む仕草。昔から変わらないのですね。――炎雄殿には言いません。正直に教えてください」

決して責めるような口調にならないよう、慎重に言葉を選びながら告げる。それでも紅彩は、俯いたまま口を開こうとはしない。

代わりに答えたのは、侍女だった。

「恐れながら、紅彩お嬢さまは今朝方から発熱しておられ、太保がおいでになる前にもお倒れに――」

「葉芝《ようし》、太保にそんなお話……！」

「お医者さまからは休むようにと言われていたのですが、旦那さまがどうしても太保をお出迎えせよと、具合の悪さを悟られてはならぬとお命じになったのです」

紅彩から咎められても、侍女は使命感に駆られたかのように事情を説明し続けた。その表情や口調からは、横暴な炎雄の命令に対する不満が感じられる。

もはや紅彩が人並みに丈夫になった、という炎雄の言が虚偽であったことは、明らかだった。

「申し訳ございません、晨雨お兄さま……いえ、太保。侍女が心配のあまり、大げさに申し上げているだけなのです」

そう訴える紅彩の声は小さく震えている。

もし、今のやりとりを父に知られたら――。彼女の顔には、そんな不安がありありと浮かんでいた。

「今は呼び方などお気になさらず、とにかくお部屋の中へお戻りください。夜風はお身体に障《さわ》ります」

そうこうしている間にも、紅彩の顔色はどんどん青ざめていっている。

もはや、未婚の娘の部屋などと悠長なことは言っていられない。

「扉は開けておいてください」

侍女にそう言い置くと、晨雨は半ば強引に紅彩の腕を引いて部屋の中へ入った。

紅彩を寝台の中へ押し込めると、用意されていた白湯に薬を混ぜ、匙《さじ》を使って彼女の口へ運ぶ。

「ゆっくりでいいですから、全部飲んで。少し苦いですが、よく効きます」

「……ありがとうございます」

素直に口を開け、薬を嚥下《えんげ》する紅彩は、まるで親鳥から餌《えさ》を分け与えられる雛鳥《ひなどり》のようだった。無垢《むく》で、純粋で、弱々しくて、とても雷零に熱烈な恋文を出していた娘とは思えない。

「こうしていると、昔のことを思い出しますわ」

薬を飲みながら、ふと紅彩がそんなことを口にする。

「皇宮に遊びに行くたびに、わたくしは寝込んでしまって……。そんなときいつも、晨雨お兄さまがお薬を飲ませてくださいました」

「あの頃の紅彩さまは、苦い薬は嫌だとよく駄々をこねていらっしゃいましたね」

まだ、紅彩や自分自身の立場について、本当の意味では理解していなかった幼い頃の話だ。ただ、何も考えず三人で仲よくしていられた頃の。

「ふふ、そうでした。でも、ご褒美《ほうび》にと晨雨お兄さまがくださる飴《あめ》が楽しみで、あれでも頑張って飲んでいましたのよ」

甘い飴の味を思い出したように、紅彩が懐かしげに目を細める。

晨雨は少しでも紅彩に笑ってほしくて、いつも懐に飴を忍ばせていたのだった。けれど、紅彩がそんな些細なことを覚えてくれているとは思いもしなかった。

「あの頃は物知らずで無礼な子供だったのです。どうかお忘れくださいい」

「いいえ、晨雨お兄さまはいつもわたくしを優しく気遣ってくださって……。昔から、私を案じてくださるのは雷零お兄さまではなく、晨雨お兄さま」

おっとりと微笑む紅彩の心がどこにあるのか、晨雨にはわからない。

悲しんでいるのか、諦めているのか、あるいはそれ以外に何か感じているのか。

「今、陛下のお側には女の方がいらっしゃるのでしょう？」

「どうしてそれを……」

「使用人たちが話しているのを耳にしました。陛下が、とても気に入っていらっしゃると。きっと素敵な女性なのでしょうね」

「紅彩さまがいらっしゃるまでの、短い間のご関係です。気にかける必要はございません」

氷咲の存在は公《おおやけ》には秘密として扱われており、極力紅彩の耳には入らぬよう配慮してきたはずだった。しかしやはり、噂というものはどこかから漏れてしまうようだ。

「よいのです。お手紙だって、雷零お兄さまは一度もくださらなくて……。きっとあの方は本当は、わたくしを后になど迎えたくないのでしょう」

咄嗟に言葉が出なかった。紅彩はその沈黙を、肯定と受け取ったようだった。

淡く微笑み、それ以上その話題に言及することなく、話を変える。

「わたくし、晨雨お兄さまからいただいたお手紙はもちろん、同封されていたお花は押し花の栞《しおり》にして、すべて大切に保管しておりますの」

紅彩が枕の下に手を差し入れ、紐でひとくくりにされた手紙と栞の束を取り出す。

菜の花、梔《くちなし》、金木犀《きんもくせい》、梅。

季節ごとに同封した花と共に、己が記した手紙の内容を振り返る。

たいしたことは書いていないはずだ。

特に最近は、時候の挨拶や雷雫の近況報告、そして紅彩の体調を気遣うだけの、当たり障りのない内容ばかりであったはず。

だというのに彼女はそれを、まるで世界一大事な宝物であるかのように、胸の中に抱きしめる。

「未来の皇后陛下に対してつまらぬ花を贈るなど、不敬でございました」

「いいえ、晨雨お兄さまの細やかなお心遣い、いつも嬉しく思っておりました。それに……元よりわたくしは、皇后に相応しい器《うつわ》ではありませんから」

ぽつりと呟かれたその言葉を聞き返すより早く、紅彩が晨雨の袖をそっと摑む。

「……ねえ、晨雨お兄さま」

震える声で紅彩が自分を呼んだとき、晨雨は心の底から後悔した。

彼女が袖を摑んだ瞬間――いや、手紙を取り出した時点で部屋を去るべきだった。そうしなかったばかりに、決して聞いてはいけなかった言葉を、聞きたくはなかった言葉を、耳にする羽目になる。

「小さな頃の約束、覚えてくださっていますか？」

――ずっと、ずっと一緒にいましょう。私が貴女を守るから。

――それじゃ、約束ね。

幼い日の自分の声が、約束をねだる紅彩の声が、耳の奥でこだまする。

胸の奥が締めつけられるように切なくなったのは、決して戻っては来ない昔への郷愁《きょうしゅう》か、あるいは……。

しかしその正体に辿り着くより早く、晨雨は己の思考に蓋をした。

紅彩は皇后となる。それは厳正な儀式によって定められたことで、決してくつがえることはないのだ。

「……なんの話でしょうか？」

縋りつく眼差しを振り払うように、貼りつけた微笑を向ける。

紅彩の顔に落胆したような色がよぎったが、それも一瞬のこと。

「いえ、なんでもないのです。お薬をありがとうございました。わたくしはもう大丈夫ですので、太保もお部屋へ戻ってお休みくださいませ」

今にも泣き出しそうな笑みに手を差し伸べる資格は、自分にはない。

気丈に振る舞う紅彩を置き去りにして、晨雨は逃げるように客間へと足を向けた。

§

一方その頃、皇宮では一騒動が起こっていた。

ことの発端は、氷咲が「久々に鍛錬をしたい」とこぼしたことだ。

白麗山を出てから一ヶ月。

後宮での暮らしにも馴染《なじ》んできたものの、さすがに怠けすぎた。

戦士たるもの、一日も鍛錬を欠《か》かすべからず——とは、父の口癖《くちぐせ》である。

贅沢な食事やゆるやかに過ぎていく時間に不満はない。が、胸や腹回りに少し肉がついたことにふと気づき、愕然とした。

このままでは、確実に身体が鈍《なま》ってしまう。

そう危惧した氷咲は、衛士《えいし》たちの鍛錬に参加させてほしいと雷零に頼み込んだ。

初めは渋っていた雷零だったが、氷咲があまりにしつこく懇願するものだから根負けしたようだ。ただし、閨房指南役の存在は公には秘密となっているため、おおっぴらに鍛錬場へ顔を出すわけにはいかない。

そのため、後宮に精鋭を十名ほど呼び寄せることとなった。

本来なら男子禁制の場である後宮でそのような無茶ができるのも、現在の妃嬪不在という状況と、雷零の裁量のおかげである。

武器なし、防具あり、雷零の監視下という条件のもと、ようやく許可を出してもらうことができた。

「我侭を聞き届けてくれてありがとう、雷零」

「まったく……。女人から簪や衣裳ではなく、鍛錬の機会をねだられるとは思いもしなかった」

上下動きやすい格好に着替え、防具を身に着けた氷咲をひとしきり眺めた後、雷零はどことなく不満そうな表情で呟いた。

「本当は、衛士たちの前では仮面でも被ってほしいくらいなのだがな」

「仮面など被ったら動きづらいだろう」

何をおかしなことを言うのだと笑うが、彼は本気でそう言っていたらしい。

「衛士たちは全員男なのだぞ。そなたの姿を見たら、間違いなく惚れてしまう」

「雷零は大げさだな」

そういえば雷零は以前から、何度も氷咲の容姿を褒めてくれていた。

もしや彼は、不美人が好きなのだろうか。人の好みはそれぞれだから、それはそれでいいのだろうけれど。

「氷咲は己の美しさに無頓着すぎる」

しかし雷零の発言は、そんな氷咲の心のうちを見透かしたようなものだった。

「もしや、鏡を見たことがないのか？」

「いくら貧しい氷雪族の女でも、屋敷に鏡くらいある」

雷零本人にその気がなくとも、馬鹿にされたような気がしてむっとする。実際、弱小部族である氷雪族はよその部族から下に見られやすく、これまで何度か嫌な目に遭ってきたのだ。

「そういう意味ではなくてだな……。ああ、もういい。とにかく、衛士たちに無闇に愛敬を振りまくなよ」

いったい雷零は、氷咲をなんだと思っているのか。

「鍛錬するのに、無意味に愛敬を振りまくはずがないだろう。さあ、早く桃源院《とうげんいん》へ向かうぞ」

桃源院は後宮のちょうど中央に位置する広い庭園で、先帝の時代はよくその場所で茶会や花見などが開かれていたそうだ。まさか雷洞帝も、色とりどりの花々が咲き誇ったその場所で武術の鍛錬が行われようなどとは、夢にも思わなかっただろう。

桃源院に到着すると、そこには既に、防具を身に着けた十数名の衛士たちが待機していた。雷零の姿を見つけるなり、その場に跪いて恭しく両手を突き合わせる。

「皇帝陛下にご挨拶を申し上げます」

「楽にせよ」

衛士たちが立ち上がり、姿勢を正すのを待ってから、雷零は更に言葉を続けた。

「――これなる女人が氷雪族の長、氷咲。余の大切な客人である。決して無礼のないように」

「はっ！　かしこまりましてございます」

雷零に視線で促され、氷咲は衛士たちの前に進み出る。

さすがは皇宮の衛士たちだ。目つきは鋭く、いずれも、よく鍛え上げられた肉体を持っている。一目見てわかる猛者《もさ》たちを前に、身体の芯から武者震いが沸き起こった。

「此度は私の鍛錬に付き合っていただき、感謝する」

神妙に感謝を述べた後、氷咲は更に一歩進み出て、両手を前に構えた。

すっと息を吸い、ゆっくりと吐く。

「遠慮はいらぬ。全力でかかってこられよ」

衛士たちを見据え、静かな、けれどよく通る声で告げた。

§

目の前でいったい何が起こっているのか、雷零は最初、理解できないでいた。

大の男たちが、次々と投げ飛ばされている。

その中心にいるのは、ほっそりとした体つきの美しい女——氷咲だ。

軽やかな足取りで跳ねるように攻撃を器用に躱しながら、彼女はその細腕からは信じられないほどの力で、衛士たちをちぎっては投げ、ちぎっては投げていた。

雷零がこの状況の異様さを悟ったのは、組手が始まってすぐのことだった。

豪力《ごうりき》で知られる衛士のひとりが氷咲へ攻撃をしかけたが、逆手《ぎゃくて》を取られ地面に放り出されたのだ。

それでも初めは、きっと女人相手だから手を抜いていたのだろうと思っていた。

実際、一人目の衛士は氷咲のことを多少舐めてかかっていたのだろう。地に尻餅《しりもち》をつく形となり、愕然としていた。

しかし、二人目、三人目、四人目とかかっていくにつれ、両者の力の差は歴然となった。

衛士たちが必死の形相で飛びかかっているにも拘らず、氷咲は涼しい顔で攻撃をいなし、次から次へと技をしかけているのだ。

決して、豪快な立ち居振る舞いではない。しかし流れるようなすばやい身のこなしと、正確で鋭いキレのある技の数々はまるで、一連の美しい舞を見ているようですらあった。

普通であれば、いかに女人が鍛えようとも鍛錬を積んだ男に勝つのは難しい。男女の間には、どうしても生まれついての筋力差というものがあるからだ。

しかし、これは。

ある予感に、気づけば雷零は足を前に踏み出していた。

ちょうど、すべての衛士たちが息切れを起こし、地面から立ち上がれないでいるところだった。

「雷……陛下？」

「そなたの優れた武、実に見事だ。余もお相手願おう」

氷咲は驚きながらも応戦の構えを見せる。

互いに視線を交わし、砂利《じゃり》を踏みしめた。一瞬の後、雷零は地面を蹴り一気に間合いを詰めた。

風を切るように氷咲の間合いに飛び込み、腕を掴む。否、雷零が掴んだのは空《くう》であった。

紙一重のところで身を翻した氷咲が、その勢いのまま雷零の側頭部に手刀を叩き込もうとする。

危なげなくそれを避けた雷零は、今度こそ氷咲の手首を掴んだ。

「やるな」

「陛下こそ！」

腕を回すようにして雷零の拘束から逃れた氷咲が、今度は身を低くして下段蹴りを繰り出す。

なるほど、確かに強い。瞬発力や膂力《りょりょく》はもちろんのこと、咄嗟の判断力にも優れている。

これでは並の戦士どころか、強者揃いの衛士たちも歯が立たないはずだ。

打撃、防御、防御、打撃。

両者一瞬でも気を抜けば、相手の技を避け損ねるだろう。こんなひりついた緊張感は久しぶりのことで、胸が躍《おど》った。

先ほどまで涼しい顔で衛士たちと組手をしていた氷咲の額にも、さすがに汗が浮かぶ。彼女の瞳には徐々に焦りが見え隠れし、やがて動きに少し乱れが現れ始めた頃、唐突にそれは起こった。

ばさりと、鳥が羽ばたくような大きな音と共に、氷咲の背中から白鳥のような白い翼が現れたのだ。

翼の推進力を借り、氷咲の攻撃はより鋭さと力強さを増す。しかし。

「おい、あの翼……」

「氷雪族の長は龍の血が薄いという話ではなかったか？」

「だが、あれはどう見ても……」

衛士たちが大きくざわめき、氷咲がそちらに気を取られた一瞬の隙を、雷零は見逃さなかった。棒立ちになっている氷咲に足払いをかけ、傾いだ彼女の身体が地面に叩きつけられないよう、すばやく抱き留める。

雷零の腕の中で、氷咲はしばらく何が起こったかわからないというふうに目をしばたたかせていた。やがて雷零が身体を離すと、彼女は背中の翼をしまい、さっぱりと笑う。

「ついムキになって、みっともない姿を見せてしまった。やはり私は弱いな」

「いや、そなたは強い。……本当に、驚いた」

氷咲に怪我がないか確かめながら、雷零はそれとなく彼女の様子を観察する。

自身の背中から翼が現れたことに、驚いた様子は少しもない。つまり氷咲にとってあの変化は突然でもなんでもなく、その身に馴染んだものであるという証拠だ。

彼女は知らないのだろうか。

身体の一部を龍化できるのは、ごく限られた少数の者だけだということを。そしてその少数の者とは、龍の血が濃い者だということを。

(知っていれば、自分が弱いなどと思うはずはない。それに――)

「……雷零？」

心ここにあらずの雷零を前に、氷咲が心配そうな声を出しながら、目の前で手を振る。その腕からは、血が流れていた。

「氷咲、血が……」

「ああ、爪でも引っかけたのだろう。この程度、舐めておけば治る」

「駄目だ。後できちんと消毒しないと」

傷口を舐めようとする彼女を制止し、雷零は自身の手巾で傷口を拭いた。白い布にじわりと血液が染みこみ、赤い染みを作る。

その布を見ているうちに、雷零はかつてこの皇宮で行われた、呼龍之儀のことを思い出していた。

(呼龍之儀の手順は、確か……)

——そうだ。満月の夜、血を染みこませた布を霄龍泉《しょうりゅうせん》に浸すことで、その者の龍気を測るのだ。

「氷咲、すまない。行かなければならない場所ができた」

「大丈夫か？　なんだか顔色が……」

「大丈夫だ。そなたは先に、真珠宮へ戻っておいてくれ」

困惑する氷咲を置き去りに、雷零はその足で書庫へと向かった。

第六章　別れの時

氷咲《ひさき》との鍛錬から数日後、雷零《らいれい》は華炎族の里から戻ってきたばかりの晨雨《しんう》を、早々に執務室へ呼びつけていた。

「調べてほしいことがある。十五年前に行われた、呼龍之儀《こりゅうのぎ》についてだ」

単刀直入に要件を告げれば、思いも寄らぬ命令だったのだろう。晨雨が怪訝そうに眉をひそめる。

「呼龍之儀について？　なぜ今更そんな昔の……いえ。私の留守中、何か儀式の正当性に疑問が生じるような出来事が起こったのですね」

端的に要件だけを告げたというのに、さすがに話が早い。

雷零は「まだはっきりとはしないが」と前置きをした上で、先日、氷咲と組手を行った際のことを説明した。

話を聞き終えた晨雨は、にわかには信じがたいという表情をしていた。

「氷咲殿の背から翼が――？　ですが確か、あの方は……」

「そうだ。呼龍之儀の記録を見る限り、氷咲の龍気は嬪候補にすらなれぬほどの弱いものだったと。だが、儀式の際に、何らかの理由で〝血の染みこんだ布〟が取り違えられていたとしたら？」

晨雨がはっと息を呑む。

事故か、あるいは作為的なものなのかはまだわからない。

だが、当時呼龍之儀には五百人以上もの貴族の娘が参加していた。どこかで間違いが起こっていたとしても、不思議ではない。

「ですが、もし陛下のおっしゃるようなことが本当に起こっていたとして……。儀式の結果を目にした先代の氷雪族長は、なぜ異議を唱えなかったのでしょうか」

個々人が宿す龍気は、成長と共に強くなる類《たぐい》のものではなく、生まれたときには既に定まっている才能のようなものだ。娘の力が強いか強くないか程度のことを、父親が把握していなかったとはとても思えない。

しかし、その件については雷零も疑問を抱き、既に調べはついている。

「先代族長の妹君は父上の妃のひとりであったが、懐妊発覚直後に階段から落ちて亡くなっている。当時彼女に仕えていた女官曰く、他の妃嬪が嫌がらせで油を撒いたとのことだ」

だが、雷洞帝《らいどうてい》は碌《ろく》な調査も行わず、また証拠もなかったために、彼女の死は事故として処理されてしまった。

「つまり先代族長は、娘を後宮へ入れたくないがために、あえて口をつぐんだと……？」

「あくまで憶測の域を出ないがな」

先代の氷雪族長は非常に厳しい人であったが、それと同じくらい、娘を大切にしていたともいう。そんな彼が、妹が非業《ひごう》の死を遂げた場所に、娘を同じような立場で送り出したかったとは到底思えない。

「氷咲の話を聞く限り、彼女は自分の中に流れる龍の血が薄いと、あえて信じ込まされて育ったようだ。翼の存在も、中途半端な力をひけらかしてはならぬと、人前では隠すよう厳しく言い含められていたらしい」

儀式の結果。そして人の行き来が極端に少ない白麗山の閉鎖的な環境によって、氷咲はこれまでずっと、自分は龍人の中でも一際弱い存在なのだと思い込んできたのだろう。

「問題は、誰の布と取り違えられたかということだが――。それほどまでに強力な龍気が記録されているのは、ひとりしかいない」

「……紅彩《こうさい》さま、ですね」

迷うことなく告げられたその名に、雷零は深く頷いた。

「なんということだ……」

愕然と呟いた晨雨が片手で目元を覆い、天を仰いだ。彼はやがて、意を決したように雷零を見据える。

「実は、陛下にご報告しなければならないことがございます。先だって、華炎族長の屋敷を訪れたときのことですが――」

そうして晨雨から告げられた内容は、雷零の仮定を更に裏付けるようなものであった。

日に何度も倒れるほどに弱い紅彩。

それを頑《かたく》なに隠そうとする炎雄《えんゆう》。

そして『自分は皇后に相応しい器ではない』という紅彩の言葉。

彼女は薄々、勘づいていたのではないだろうか。自身に流れる龍の血が、薄いということを。

「太保に命じる。当時儀式に関わった者の名簿を確認し、儀式の進行に不審な点がなかったか洗い出せ」

「御意」

晨雨が部屋を出て行く直前、雷零は彼を呼び止めて釘を刺した。

「それから——くれぐれも、内密に頼む」

もし、今話したことが作為的に行われたとして——。だとすれば、黒幕は炎雄に他ならない。証拠隠滅や妨害工作をされぬよう、彼を叩く材料を手に入れなければ。

§

氷咲が後宮で過ごし始めて、一ヶ月半が経った。

今になって思えば、氷咲に真珠宮をあてがったのは叔母が使っていた場所だからというだけでなく、ここが後宮の隅に位置しているからなのだろう。

間もなく皇后を迎えるにあたって、皇宮は忙《せわ》しなさに包まれ始めていたものの、真珠宮には、いつも通りの穏やかな時間が流れていた。

白麗山で、族長として皆を守る毎日は張り合いがあり、楽しかった。

けれど雷零と過ごす日々は、恐らく氷咲のこれまでの人生の中で最も満ち足りていたように思う。

朝は雷零と共に目覚めて、同じ餐桌で朝食を取った。時々寝坊し、冬心や宮女たちから温かな微笑を向けられることもあった。

昼には政務の合間を縫って宮を訪れた雷零と、庭を散歩して花冠作りに挑戦したり、櫻花の木の下で午睡《ひるね》を取ったりした。

そして夜になれば寝台で睦《むつ》み合い、抱きしめ合いながら眠りについた。

晴れの日も、曇りの日も、雨の日も、ふたりは共にあった。

まるで今までも、これからも、ずっとそうであったかのように。

太師が真珠宮を訪れたのは、そんなある日のことだった。

突然の訪問に、冬心《とうしん》や宮女たちが身を固くし成り行きを見守る中、氷咲は静かに口を開いた。

「……私は、いつ去ればよいのでしょうか」

初日に顔を見せたきり、没交渉だった太師がやってきた理由などそれ以外にあり得なかった。

「七日後、皇宮に紅彩さまをお迎えします。お見送りの馬車を用意しておりますので、明朝、白麗山へお帰りください。決して、陛下には悟られないよう」

「お待ちください、太師！　予定では皇后陛下の入内は、まだ先のはずです……！」

たまらずといった様子で太師の前に進み出た冬心がそう訴えるも、太師はそちらには目もくれず、厳《おごそ》かに氷咲を見据えた。

「入内が早まった理由は……おわかりでしょう」

太師は、多くは語らない。けれどきっとその場にいた誰もが、彼の言いたいことを痛いほど理解していただろう。

近頃の雷零の氷咲に対する寵愛ぶりは、誰の目から見ても明らかなほどだった。それこそ、一介の宮女がつい、氷咲の立后《りっこう》を望む言葉を口にするほどに。

「陛下の女嫌いを治してくださったこと、廷臣を代表して感謝申し上げる。氷雪族への支援は、お話しした以上のものをお約束しましょう」

「こちらこそ……太師のお心遣いに感謝いたします」

そうして太師が去っていくなり、冬心が側までやってくる。いつも冷静な彼女にしては珍しく、張り詰めた表情をしていた。

「氷咲さま……！　陛下にお願いいたしましょう。皇后にはなれずとも、妃として留まることならばきっと――」

「冬心、いい」

「ですが……っ！」

「いいんだ」

冬心の言う通り、雷零に頼み込めば妃としてここに残ることはできるかもしれない。

華炎族との関係が悪くなるとわかっていても、彼は氷咲のためなら多少の無理を押しても願いを叶えてくれるだろう。

だけどきっと、氷咲は耐えられない。

雷零が自分ではない女と結婚する姿を見るのも。

その相手との間に子を作り、仲睦まじい家族となっていく様を見るのも。

彼が自分以外の女に微笑みを向けるところを想像するだけで、胸の奥でどす黒い嫉妬の炎がとぐろを巻く。

（雷零に、こんな醜《みにく》い私を見せたくはない）

彼が美しいと言ってくれた姿、それだけを彼の胸に刻んで、ここを去りたかった。

「氷咲さま……」

痛ましげに眉を寄せる冬心に、無理をして微笑みかける。

「元々、二ヶ月の約束だった。それが少し早まっただけ。皇后がいらっしゃる後宮に、閨房指南役は必要ない」

夢の時間はもう終わり。氷咲は現実に戻らなければならない。

だが――胸の奥が軋《きし》むのに気づかないふりをするには、この想いはあまりに大きく育ちすぎた。

(私が、紅彩姫のように強い龍気を持っていれば)

そんな詮《せん》のない願いを抱くほどには、氷咲は雷零のことを。

§

その夜、雷零はいつものように氷咲のもとを訪れた。

普段と雰囲気が違うと気づいたのは、宮女が扉を開けた瞬間からだった。

甘い匂いがする。爽やかで瑞々《みずみず》しいこれは、花の香りだろうか。

(普段は香など焚《た》かないのに……)

部屋を満たす匂いに違和感を覚えながら足を踏み入れた雷零は、寝台で待つ氷咲の姿に目を瞠った。

彼女は初めて会ったときと同じように化粧をし、美しく着飾っていた。目尻と唇に紅を刷き、髪を綺麗に結い上げている。金糸と銀糸で龍の紋様が縫い取られた赤い衣は、薄暗い室内でも鮮やかだった。

蝋燭の炎が照らすぼんやりとした空気の中、彼女の頭を飾る簪がきらりと光を弾いた。

──眩《まぶ》しい。

氷咲の凛とした美しさには、きっと天女も敵わない。

魂を抜かれたような心地でしばし佇んでいた雷零は、ようやくの思いで言葉を紡ぎ出した。

「……どうしたのだ、珍しい格好をして」

「たまにはいいだろう」

氷咲が静かに微笑み、雷零を手招きする。彼女の前には赤い漆塗りの盆が置かれており、その上に薄桃色の円い果物が盛られていた。

「桃？　こんな季節に珍しいな」

「これは、白雪桃《はくせっとう》という。白麗山に生《な》る、特別な桃だ。冬心に頼んで用立ててもらった。たまには果物もいいだろう？」

「そうだな。余も、桃は好きだ」

隣に腰掛けると、氷咲がひとつ手にとって差し出してきた。

一口齧《かじ》ると、冷えた果汁が喉を潤《うるお》すのが気持ちいい。唇を濡らす果汁を舌で舐めとっていると、氷咲が己の食べかけを齧るのが見えた。

「ん、美味しい。さあ、もう一口」

差し出されるがままに、雷零は桃にかぶりつく。

一口、また一口と交互に桃を齧り、やがて中の種が剥き出しになる。

「もうひとつ、どうだ？」

桃に手を伸ばした氷咲の喉を、果汁が伝っていくのが見えた。

垂れた汁が白い首筋から衣裳の内側に流れていく様は扇情的《せんじょう》で、雷零は思わず喉を鳴らす。頭がくらくらするのは、部屋を満たす甘い香りのせいだろうか。

（氷咲が、欲しい……）

そうして気づけば欲望のままに、氷咲を寝台の上に押し倒していた。

衣裳の袖が天女の衣のようにふわりと舞い、敷布の上に広がった。

手首を床に縫いとめれば、彼女の手にしていた桃がはずみで床に落ちる。転がっていったそれを目で追い、氷咲が眉を下げた。

「せめて、桃を拾ってから……」

「待てぬ」

短いやりとりだったが、それで十分だった。

急いた手つきで氷咲の衣裳をはだけさせた雷零は、桃を食べた唇で彼女の白い肌に触れ

る。柔らかく、すべすべとした肌からは先ほど垂れた果汁が芳《かぐわ》しく香っていた。

舌を伸ばして舐めとると、氷咲は「あ」と声を漏らしながら爪先で敷布を引っ掻く。

雷零は果汁でべたつく肌を清めるように、執拗に舐め続けた。そして胸の先端を甘噛みし、歯で挟んだまま軽く引っ張る。舌で押し込み、もう片方の乳嘴は指で左右に強くひねられる。すべて、氷咲が教えてくれた通りに。

「雷零……」

氷咲が手を伸ばし、やや硬くなり始めた雷零の分身に触れる。突然の行為に驚き、身を引きかけた雷零だったが、熱に浮かされたような氷咲の声がそれを止めた。

「抱いてくれ、強く――」

彼女がそんなことを口にしたのは初めてで、雷零はつい浮かれてしまう。

「ああ、氷咲。そなたの望む通りに……」

氷咲が、どんな思いでその言葉を口にしたのかも知らずに。

§

その後、ふたりは寝台の上でもつれ合い、さまざまな形で繋がり合った。

どれほど長い時間貪っても雷零の熱杭は決して萎《な》えることなく、氷咲に女の悦びを与えてくれた。

「うっ、あ……氷咲」

「ん、ん、あぁ……っ」

そして今、氷咲は雷零の上に跨り、腰を大きく振っていた。

まるで娼妓《しょうぎ》のようだ。

そんな自嘲《じちょう》に唇が歪むが、これが最後の夜なのだと思うと止められなかった。

氷咲は己の身の内にずっぷりと雷零を埋めたまま、何度も腰を上下左右に振りたてた。時に己の乳房に手を這わせ、先端をひねり上げることまでしてみせる。

淫猥な光景は雷零の目を喜ばせ、中に収めた彼の分身を更に締めつける結果となった。

強い愉悦に歪む彼の顔を見下ろしながら、氷咲はいやらしく身体をくねらせる。

「あぁ、あ……っ、雷零、気持ちいい……っ」

淫猥な音を奏でる結合部からは、白濁《はくだく》とした液体と蜜が混じり合ったものが、弾けるように飛び散った。

何度中に出されようと、氷咲の中でそれが実《みの》ることはない。中で熱い液体の奔流《ほんりゅう》を感じるたびに、それが哀《かな》しかった。

「はぁ……っ、どうしたのだ氷咲。こんな……っ、ん」

「ん、ん……っ」

積極的な氷咲の様子に雷零は違和感を覚えたようだったが、口づけをすることで彼の疑問を遮った。

深い口づけによって思考を中断させられた雷零が、より強い快楽を求めるようにぐっと下から氷咲の身体を突き上げる。

「んぁ……っ」

脳髄《のうずい》を焼くような快感に力の制御が覚束《おぼつか》なくなり、くぐもった嬌声と共に背中から翼が出た。羽ばたきの音を立てながら雪の粉を舞い散らせるそれが、火照《ほて》った肌に心地よい。

「雷零、雷、れ……っん」

臀部を摑む雷零の手に、鱗が浮かび上がる。苦しげに寄った眉根にも、頬にも。そして目は、龍のそれのように瞳孔が細くなり、まるで三日月のようだった。

龍の血が騒ぐ。

血が沸き立ち、肉が躍る。

ふたりは互いに原始に還って、ただ獣のように交わり続けた。

§

翌朝。

まだ日も昇らないうちに氷咲はそっと、寝台から身を起こした。雷零は疲れ切って眠っており、氷咲が起きたことに気づく気配はない。

「雷零……ありがとう。さようなら」

氷咲は静かに囁くと、雷零の額にそっと唇を落とした。

寝室を出て行くと、そこには冬心が待っていた。氷咲が初めてここを訪れたときに身に着けていた、氷雪族の衣裳を抱えている。

「氷咲さま……」

「冬心、あなたにはずいぶんと世話になった。宮女たちにもどうか、よろしく伝えておいてくれ」

衣裳を受け取りながら、氷咲は頭を下げる。

唇を噛んだ冬心の目の端に、光るものが浮かんでいるのは見て見ぬふりをした。

「あなたたちがよくしてくれたこと、私は決して忘れない」

「氷咲さま」

手短に感謝を告げ、去ろうとする氷咲を冬心が呼び止める。

「氷咲さまは以前、わたくしたちの主人となる紅彩さまは幸せだとおっしゃいました。覚えておいでですか？」

ああ、確かにそんなことを言った記憶がある。

氷咲の脳裏に、一ヶ月ほど前、冬心と交わした会話が蘇った。

――あなたたちの主人となれる紅彩姫は幸せ者だ。

――お褒めにあずかり恐縮でございます。ですが、もし――。

「あのときわたくしは、最後まで口にすることができませんでした。そんなことを、言うべきではないと思ったからです。ですが、今……どうしてもお伝えしとうございます」

冬心が、氷咲の目をまっすぐに見つめる。彼女の目からとうとう涙が一筋こぼれ落ちた。

それでも、彼女は一切の揺らぎのない声で告げた。

「もし、氷咲さまが皇后であられるならば、わたくしたちはそれ以上の果報者となれたでしょう」

「冬心……」

間もなく皇后を迎え、彼女に仕える立場の冬心が、どれほどの覚悟でその言葉を口にしたのか。氷咲には計り知れない。

「この冬心、短い間とはいえあなたさまにお仕えできて幸せでございました。どうか、どうかお元気で」

「ああ。あなたも、息災で。これからも陛下のことを……頼む」

そうして、氷咲は五龍国皇帝雷零のもとから姿を消した。

愛する人にもう二度と会えぬ悲しみと、一生の思い出となる日々の記憶を胸に抱え――彼《か》の人の胸に、鮮烈な爪痕《つめあと》を残して。

§

朝、目覚めたら、求めるぬくもりがなかった。

飛び起きて部屋中を探す。廊下も、湯殿も、空き部屋も、庭も。すべて、全て。

けれど彼女はどこにもいない。

うなじを、冷たい何かが滑り落ちたような心地だった。

嘘だ。

いなくなるはずがない。

黙って出て行くはずが。

　そう思い込もうとした。けれどこの状況が、傍らから消えたぬくもりが、切望にも似た考えを否定している。

　思えば昨夜、氷咲の様子はおかしかった。

　香を焚いたり、赤い衣を身に着けたり、まるで――まるで昨夜が、特別な一夜であったかのように。

「誰か……っ、冬心！　おらぬのか！」

　大きな声で女官を呼ぶと、彼女はすぐに姿を現した。

「氷咲がいなくなった！　すぐに探して――」

「いけませぬ。氷咲さまはもう、陛下とは関係のないお方」

　取り乱す雷零とは正反対に、冬心は落ち着き払っていた。

「それに、もう六日後には、紅彩さまがいらっしゃいます」

「六日後……!?　そんな……予定ではもっと先だったはずだ！　いったい誰が、そんなことを――」

　途中まで言いかけて、気づいた。雷零に黙ってそのような勝手をする人物の心当たりは、ひとりしかいない。

　氷咲をこの後宮へ招き寄せた張本人。太師だ。

「あの……ッ狒々爺《ひひじじい》め！　余は何も聞いておらぬ！」

全身の血が沸騰《ふっとう》するような怒りに、雷零は壁を殴りつけた。

「冬心！　そなたもなぜ、氷咲を止めなかった⁉」

冬心とて、氷咲のことを気に入っていたはずだ。普段は淡々とした態度の彼女が、氷咲の前ではよく笑顔を見せていた。

それなのに眉ひとつ動かさぬ冷静な態度に腹を立て、雷零はつい声を荒らげてしまった。

彼女が止めていれば、氷咲は今もここに留まっていたかもしれないのに……と。見当違いの八つ当たりをしてしまった。

「止めてどうなります！」

だからこそ、冬心の悲痛な叫び声を聞いたとき、頬をぶたれたような心地になった。

「陛下は皇后さまをお迎えになり、ご婚礼を挙げます！　それをただ側で見ていよと⁉」

「そ、れは……」

「氷咲さまは元より二月《ふたつき》でここを去るお約束でございました。それが少々早まっただけ。後宮が、元々あるべき形に戻っただけのことです」

ああ、本当に、冬心の言う通りだ。

夢はいつか覚めるもの。頭の片隅では、そう理解できている。

けれど感情の部分で、どうしても納得できなかった。

たった一ヶ月半。けれど雷零にとっては、これまで過ごしてきた人生以上に重い時間だったのだ。

生まれて初めて、この胸に愛を抱いたのだ。

それなのにこんなにもあっけなく、雷零の手からこぼれ落ちてしまった。

あの日、ふたりの間に舞い散った櫻花の花びらのように。

(氷咲は、どうして……)

どうして、何も告げてくれなかったのか。

彼女は多少なりとも、自分に好意を抱いてくれているのだと思っていた。

だがそれはただの自惚《うぬぼ》れで、本当は、氷咲は早く雷零のもとから立ち去りたかったのではないか。閨房指南役など、やりたくなかったのではないか。

「……嫌だ」

嫌だいやだいやだいやだ。

氷咲が欲しい。氷咲と一緒にいたい。

氷咲の笑顔が見たい。

氷咲。氷咲。氷咲。

氷咲。

氷咲。

氷咲――……!!

狂ったように何度も同じ名前を呼び続けながら、雷零は寝室へ舞い戻った。

そこに、氷咲はいないのに。

昨日彼女と共に眠ったはずの寝台を見ているうちに、瞳から熱い涙が幾筋もこぼれ、音もなく敷布に吸い込まれていく。

まるで子供のようだ。それでも止まらなかった。

悲しみと怒りは紙一重なのかもしれない。

込み上げる熱い感情を抑えきれず、枕を壁に投げ、桌子を蹴り飛ばす。

そうして、床に頭をつけてうずくまっていたとき。

ひらり、と視界の端で何かが舞った。敷布についていたのだろう。真っ白な羽がそっと雷零の手の甲を撫でるように、落ちてくる。

「ひさ、き……」

彼女の背から生える美しい白い翼のひとひら。言葉もなく去った氷咲の残した、唯一の痕跡《こんせき》。

泣くな、と叱咤する声が聞こえた気がした。いい大人がみっともないと。

「……そうだな、氷咲」

泣いている場合ではない。自分にはまだ、やるべきことがある。

白い羽を唇へ押し当てた雷零は、それを衣服の内側へ忍ばせると、その足で晨雨のもとに向かった。

第七章　妻戀の龍

氷咲《ひさき》との別れから四日が経った。

二日後には紅彩《こうさい》が到着し、婚儀が挙げられる予定ということで、皇宮は常にない騒がしさに包まれていた。

「陛下」

「なんだ、太師」

朝議を終えた後、太師に呼び止められ、雷零《らいれい》は振り返る。

「どうか妙なことはお考えにならず、二日後の婚儀をつつがなくお済ませになりますよう。この老いぼれを、安心させてくださいませ」

父帝が生きていた頃、太師は傾きかけた国を救うため必死で動いてくれた。釘を刺すような言葉も、予定より早く氷咲を追い出したのも、国の未来を思うがゆえのことだと、今はわかっている。

「――心配はいらぬ」

表面上は素直に答えながら、心の中で謝罪した。これから自分がやろうとしていることで、きっと太師には相当な衝撃を与えてしまうだろう。

けれど、これだけは譲れない。

太師と別れた雷零はその足で、太清殿《たいせいでん》と養気宮《ようきぐう》――皇帝の居住区を繋ぐ回廊へ向かう。

一足先にその場所に着いていた晨雨《しんう》の姿を認めると、雷零は護衛を遠くへ追いやった。

ふたり並んで歩きながら、周囲に注意を払いつつ言葉を交わす。

「遅くなってすまぬ。太師に呼び止められてな」

「大方、婚儀を前に釘を刺されたというところでしょう」

「その通りだ。太師にしてみれば、長年かけて調えた婚礼だからな。なんとしてでも成功させたいのだろう。……それで、例の件はどうなっている。調べはついたか？」

「はい。儀式の記録を確認したところ、当時、儀式に使われた布を管理していた女官の身元がわかりました。名は未央《みおう》、華炎族出身。呼龍之儀の直後に、突然職を辞したと。出家し、英州の寺院に身を寄せているようです」

英州は華炎族の領地のひとつだ。一族が暮らす里からは遠く離れた田舎で、他族の領地との境目に位置する。

「未央には年の離れた病気の弟がいましたが、彼女が出家する直前、子のいない裕福な家庭へ養子に出されています。なんでも、養子縁組を取り持ったのは炎雄殿《えんゆう》だとか。また、未央を女官へと推挙したのも炎雄殿です」

「……いかにも怪《あや》しいが、本人に聞いても白を切るだけだろうな」

「ええ。ですから私の手の者を急ぎ、未央のいる寺院へ向かわせています。二日後の婚儀までには戻ってこられるでしょう」

「わかった。こちらも改めて儀式の手筈を整えておく」

氷咲と紅彩。それぞれの血を染みこませた布を使い、再び呼龍之儀を行えば、紅彩の立后は立ち消えとなるだろう。

だが、それだけでは足りない。

神聖なる儀式で不正を行った諸悪の根源を、ここで徹底的に叩き潰さねば。

決意を胸に、雷零は空を見上げる。

どこまでも青く広がる蒼穹《そうきゅう》を、大きな鷹《たか》が翼を広げて悠々と旋回していた。

(氷咲も、白麗山からこの空を見ているのだろうか)

彼女と同じ大地に立ち、同じ空の下にいる。それだけが、今の雷零にとって心の支えであった。

§

それから二日後、予定通り華炎からの輿入れ行列が皇宮に到着した。

先頭から、炎雄及びその息子たち。紅彩を乗せた馬車。そしてそれらを取り囲む大勢の護衛と、侍女たち。

華炎の財力をこれでもかと誇示した威風堂々たる様子に、出迎えに並んでいた廷臣たちからざわめきがこぼれる。

しかし、馬車の中から紅彩が現れた際の人々の驚きはそれどころではなかった。

侍女の手を借り、紅彩が地に足をつける。

顔を覆う薄絹の向こうには、化粧を施したあどけない顔が透けて見えた。

紅を差した唇。薄紫で縁取った瞼。睫毛は長く、その先には煌く宝石の粒が涙のように輝いている。

美しく結い上げた黒髪は鈴のついた簪で飾り立てられ、紅彩の頭が揺れるたび涼やかな音を立てた。

紅の薄衣《うすごろも》を幾重にも重ねた衣裳は、大輪の薔薇《ばら》のようにも、鮮やかな炎のようにも見える。薄桜の帔帛をなびかせ嫋やかに歩くその姿は、水中をたゆたう金魚を思わせ、その場にいた者たちのため息を誘った。

華炎族長の掌中の珠、前皇后の姪として、何不自由なく育てられた生粋の姫君として相応しい挙措だ。

「これは驚きました。紅彩さまは、まこと美しくお育ちですな」

「ああ、そうだな」

太師の耳打ちに雷零が適当に頷けば、その他の廷臣たちも口々に紅彩のことを褒めそやし始めた。

「いやまったく、噂に違《たが》わぬ美しさでございますな」

「立ち居振る舞いもなんと品のあること。さすが、あの華炎族の姫君でいらっしゃる」

「まさにお似合いの美男美女。これで皇子がお生まれになれば、我が五龍国もますます安泰ですな」

それらの声を尻目に、雷零は下馬して頭を下げる炎雄へ歩み寄った。

「炎雄よ、久しぶりだな。ようこそ皇宮へ」

「陛下にご挨拶申し上げます。我が娘紅彩は、此度の陛下との華燭《かしょく》の典《てん》、指折り数えて心待ちにしておりました。どうぞ幾久《いくひさ》しく、ご寵愛を賜りますよう」

「ああ、余も心待ちにしていた」

にこやかに微笑むと、雷零は背後に付き従っていた晨雨に目配せをし、右手を挙げた。

「──我が国に仇《あだ》なす、大罪人の到着をな」

笑みを消し、冷徹に言い放つ。

すべて言い終えるか否かのうちに、どこからともなく現れた大勢の衛士たちが、炎雄を取り囲んだ。

「な、なんだ貴様ら！　私は華炎族長、畏れ多くも陛下の義父となる男だぞ!!」

尊大に怒鳴り散らす炎雄へ、衛士たちは容赦なく剣を向ける。

ただならぬ状況に侍女たちは悲鳴を上げ、気色《けしき》ばんだ華炎族の護衛たちが対抗して剣を抜こうとする。

しかし空気を震わすような雷零の声が、彼らの軽率な行動を制した。

「控えよ！　ここをどこだと心得る！　不敬であるぞ!!」

皇帝の叱責に護衛たちはたちまち顔色を失い、大人しく剣を収める。

「お父さま……っ」

「紅彩さま、こちらへ。危のうございます」

父に駆け寄ろうとした紅彩を、晨雨がその場から引き剝がしたのを確認し、雷零は衛士の間を割って炎雄の前へ進み出た。

「陛下、これはどういうことですか!? 大罪人とはいったい……」

驚愕に目を白黒とさせているのは、何も炎雄だけではなかった。太師を始めとする廷臣一同も、今目の前で何が起こっているのかわからず困惑している。

中には、雷零の乱心を疑った者もいたことだろう。

それでも顔を見合わせることしかできない彼らを押しのけ、唯一雷零に苦言を呈する者があった。太師だ。

「陛下、いくらなんでもお戯《たわむ》れが過ぎますぞ! よりにもよって、花嫁の父君に衛士をけしかけるなど——」

「戯れなどではない。余は、神聖なる儀式を穢した不届き者を捕らえようとしているだけだ」

淡々と言い放ち、雷零は声を張り上げた。

「例の者をここへ」

すぐさま、ひとりの女がその場に引っ張り出される。頭髪を覆い隠す白い布と、飾り気のない灰色の衣から、その場にいた者たちは一目で彼女が尼だとわかったことだろう。

胡乱《うろん》げに眉をひそめていた炎雄だったが、女の顔を認めた瞬間、顔色を変える。

「どうした、炎雄。具合でも悪いのか？　顔色が悪いようだが」

「い、いえ……」

彼は否定したが、俯き冷や汗を垂らす様子に、周囲が気づかないはずがない。

ひとりの廷臣が、遠慮がちに口を開く。

「陛下、その尼僧は……？」

「この者は未央。華炎族出身で、かつて後宮の女官を務めていた。そして十五年前の呼龍之儀の際、炎雄の指示を受けてある不正を行っている」

一拍置くと、雷零はその場にいる全員に聞こえるようはっきりと告げた。

「その不正とは、儀式に使われた布の取り違えだ。そうだな、未央よ」

大きなざわめきが起こる。その場にいた全員が信じられないという顔をして、渦中の人物――炎雄と未央を見比べる。

やがて未央が前に進み出て、震えながらも過去の出来事を告白し始めた。

「間違いございません。炎雄さまは、紅彩さまでは入内は叶わぬと、紅彩さまの血が染みこんだ布と、他人のそれを入れ替えよと。誰の布であろうと、龍気のほとんどない紅彩さまよりはマシだ。皇后は無理でも、せめて妃嬪にはなれるかもしれぬと――」

病気の弟を盾にされ、従うしかなかったのだと彼女は言う。

驚愕の告白に廷臣たちはもはや言葉もない様子だった。太師ですら口をつぐみ、事の成り行きを見守っている。

しかし、炎雄だけは違った。彼は額に青筋を立て、凄《すさ》まじい剣幕《けんまく》で未央を怒鳴《どな》りつけたのだ。

「でたらめだ！　そこな女！　陛下の御前で私を陥れようとするとはなんと無礼な!!」

それまでは雷零も、多少は穏便に済ませようというつもりがあった。しかしこの期に及んで言い逃れをしようとする炎雄に、とうとう堪忍袋の緒が切れる。

「往生際が悪いぞ！　一介の女官が、なんのために危険を冒してまでそのような不正を働くというのだ！　そなたに脅《おど》されていたからに他ならないであろう！」

厳しい一喝に、それまでいきり立っていた炎雄もさすがに黙らざるを得なかった。ぶるぶると拳《こぶし》を震わせ、真っ赤な顔で黙り込んでいる。

彼の中で渦巻いているのは、屈辱か怒りか。いずれにせよ、反省しているわけでないことだけは確かだ。

「それに、でたらめかでたらめでないかはこの際大きな問題ではない。一族の者が犯した罪は、族長であるそなたの罪だ」

　ましてや国母たる皇后を決める儀式における不正など、皇帝に対する叛意《はんい》と受け取られても仕方がない。

「……牢へ連れて行け。処分は追って下す」

　雷零の命に従った衛士たちが、すばやく炎雄を拘束する。

「放せ！　雷零！　貴様！」

　もはやどんな言い訳も聞き入れられぬ状況に、とうとう取り繕うことをやめたらしい。炎雄は親の敵のような目で雷零を睨みつけ、唾《つば》を飛ばしながらわめき散らす。

「あれほどよくしてやったというのに、この恩知らずが!!　今に見ておれ、必ずやその素っ首、刎《は》ねてやるからな!!」

　両脇を抱えられ引きずられながら、それでも炎雄は雷零への罵詈《ばり》雑言《ぞうごん》を吐き続けていた。晨雨が鋭い声を上げたのは、やがて炎雄の姿がすっかり見えなくなった頃だった。

「――紅彩さま!!」

　見れば血の気の失せた顔をしてその場にくずおれそうになった紅彩を、晨雨が慌てて抱き留めている。

　父の犯したあまりの大罪に、繊細な心が耐えきれなかったのだろう。紅彩は晨雨の腕の中で、気を失っていた。

「誰か、太医を呼んでください！　それから、紅彩さまを休ませる部屋の準備を！」

　この男が、かつてこれほど慌てたことがあっただろうか。

（いや、そういえばあったな。あれは確か——そうだ）

　幼い頃、皇宮に遊びに来ていた紅彩が、今と同じように気を失ったとき。晨雨は見たことがないほど動揺し、片時も紅彩の側を離れなかった。

　すとんと、雷零の中で何かが腑に落ちる。

　思い返せば晨雨は昔から、紅彩の前ではよく表情を変えていたのではなかったか。

「待て、太保」

　皇帝の言葉に、晨雨がはっと息を呑んだ。

「わかっているのか？　それは罪人の娘だぞ」

　あえて厳しい言葉を投げかけると、青い瞳に一瞬、隠しきれない怒りが宿る。しかし彼はすぐその怒りを収めると、静かに頭を垂れた。

「陛下。このたび私は炎雄殿の不正を暴くため、陛下の命を受けて奔走してまいりました。その功績に対し、褒美を頂戴いたしたく存じます」

「なんでも言ってみよ。金子か、土地か？」

「どうか紅彩さまを、我が妻にお与えください」

即答だった。

炎雄の失脚により、華炎族は四部族の中で力を失うことになる。族長一族は離散を免れることもできないだろう。国母たる皇后を決める儀式における不正を犯した罪人の娘と縁づくことを望むということは、叛意があると受け取られかねない行為となる。

廷臣たちがどよめく中、晨雨はまっすぐに雷零を見据える。その表情からは、皇帝に刃向かうことすら厭《いと》わないという、彼の迷いなき覚悟が窺えた。

「だが太保よ。そなたの立場であれば、どのような高貴な娘でも望めるであろう。同情か？」

「いいえ。誓って、同情などではございません。我が妻にするのであれば、紅彩さましか考えられません。紅彩さまを、お慕い申し上げているのです」

気を失っていた紅彩がうっすらと目を開けたのは、そのときだった。

「晨雨お兄さま……本当に……？」

「紅彩さま!?　目が覚めて――」

「わたくしも、晨雨お兄さまが好き……。ずっと、お慕いしておりました」

綻ぶような笑みを浮かべ、紅彩は晨雨を見つめていた。

まだ意識が朦朧《もうろう》としているのか、あるいは夢だと思っているのかもしれない。

そうでなければ、周囲にこれほど大勢の者がいる場で、紅彩がこんな大胆な言動をするはずがない。

紅彩からの告白に、晨雨は石のように固まっていた。しかしやがて、頬から耳にかけてじわじわと赤く染まっていく。

(晨雨がこんな顔をするとは……なかなか見物だな)

笑いそうになるのを堪えながら、雷零は高らかに宣言する。

「──皆の者、これより紅彩は太保の許嫁《いいなずけ》となる！　太保は此度炎雄の不正を暴く際、大変な貢献をしてくれた。ゆえに今後、太保夫人となる紅彩への誹《そし》りは一切許さぬ！」

「陛下の仰せのままに」

「陛下のご命令に従います」

その場にいた全員が慌てて跪くのを見届けると、雷零は再び晨雨に向き直った。

「そういうわけだ。早くそなたの許嫁を休ませてやれ。大事にせよ」

「感謝いたします、陛下……！」

深々と頭を下げた後、紅彩を横抱きにしてその場を立ち去った晨雨を、雷零は清々しい思いで見送った。

（器用で、不器用なやつめ）

もし彼の想いを知っていたら、紅彩の名が皇后候補に上がったとき、雷零はなんとしてでも阻止しようとしていただろう。

けれど晨雨は、幼い頃から抱いていた恋心を乳兄弟である自分にすら知られぬよう、心の奥深くに秘め続けた。それは恐らく、皇后となることが紅彩にとっての幸せだと決めつけていたからに違いない。

紅彩にとっての幸せなど、彼女に聞いてみなければわからないのに。

そう考えたところで、はたと気づいた。

（氷咲は、どうなのだろう）

数日前、氷咲が後宮を去ったとき。

雷零は彼女が、早く自分のもとから立ち去りたかったがゆえに、何も告げなかったのだと思い込んでいた。

けれどよくよく思い返せば、最後の夜の彼女の行動はどこか引っかかることばかりだ。

嫌がっていた女物の衣裳を身に着けたり、化粧をしてみたり、共に桃を食べたり――。

あれには何か、彼女なりの意味があったのではないか。

あの日覚えた小さな違和感が、大きな疑問となってふくらんでいく。

そういえば氷咲は、こう言っていなかったか。

『これは、白雪桃という。白麗山に生る、特別な桃だ』

あのときはただ、白麗山にしか生らないから特別なのだと思っていた。けれどもし、他の意味があるのだとしたら？

「……陛下、どうなさいました？」

突然黙った雷零を心配し、廷臣のひとりが声をかけてきた。雷零は彼をしばらくじっと見つめた後、ふと、あることに思い至る。

「そういえばそなたは、氷雪族出身だったのではないか？」

「は、はい。おっしゃる通りにございます」

「質問がある。白麗山に生る白雪桃という桃についてだが――あれは何か、特別な桃なのか？」

思いも寄らぬ質問だったらしく、彼は何度か目をしばたたいた後に恐縮しながら答える。

「ええ、白雪桃はひとつの枝にふたつの実が同時に生る品種でございます。それゆえに氷雪族の間では夫婦円満の象徴とされており、婚礼の夜、夫婦で白雪桃を食べさせ合うという風習がございます」

「それは……真か？」

「へ、陛下に偽《いつわ》りは申し上げませぬ」

そんなことは、知らなかった。否、氷雪族特有の伝統であるならば、雷零が知らないのもおかしなことではない。

でも、では、氷咲のあの行動は。

(余との、婚礼のつもりだったのか……?)

本当の婚礼は挙げられない。だから形ばかりでも、雷零の妻になったつもりでいたいと。

そんなものは、自分に都合のいい考えかもしれない。

けれど、あの夜の氷咲のどこか切羽詰まったような表情が、雷零に触れる指先の感触が、この考えが真実であると告げているような気がしてならなかった。

(もし、これが余の勘違いだったとしても……)

それでももう一度氷咲に会って、彼女の気持ちを知りたい。

いても立ってもいられず、雷零は身を翻して走り出す。

背後で誰かが呼び止める声が聞こえたが、もはやかまっている余裕はなかった。

やがて鳥の羽ばたきのような音と共に、背中から真紅の翼が現れる。羽毛のないなめらかなそれは、二度、三度と具合を確かめるように開閉し、風を巻き込みながら雷零の身体を空へと舞い上げた。

このところ沈んでいた心と共に、雷零は空高く浮上した。

そしてただ一筋に、白麗山目指して飛び立ったのだった。

§

何か、外が騒がしい。

長椅子で身体を休めていた氷咲は、村のほうから聞こえてくる人々のざわめきに、ゆっくりと身体を起こした。

「族長!!」

慌てたような叫び声と共に村の少年が飛び込んできたのは、ちょうどそのときだった。急いで駆けつけたせいか、沓《くつ》が片方脱げている。

「どうした」

氷咲は少年に近づいて視線を合わせるように屈《かが》む。

彼は頬を紅潮させながら、興奮した様子で外を指さした。

「龍がいるんだよ!!」

「龍?」

何のことを言っているのかすぐにはわからず、夢でも見たのだろうと笑おうとした氷咲だったが、そのときふっと窓の外に影がよぎる。

鳥や人ではない、もっと巨大な何かの影に、少年を置いて慌てて外に飛び出した氷咲は、そこで信じられないものを見た。

悠々と真紅の翼を広げ、真っ赤な龍が空を飛翔している。それは氷咲の屋敷のちょうど真上で、屋根に積もった雪を撒き散らしながら旋回していた。

大きな羽ばたきによって、雪が陽光を弾きながら舞い散った。眩しさに目を眇《すが》めた。その視線の先で、氷咲と龍の視線がぶつかる。

三日月のような瞳孔を持つ深緑色の瞳が、氷咲を見ていた。

くるるるる、と赤い龍の喉から切ない鳴き声が上がる。

それは恐らく龍の生態を知らぬ者でも、求愛の鳴き声だとすぐにわかるような愛《いと》おしげな響きだった。

巨大な龍の出現に、氷雪族の者たちは蜂の巣をつついたような大騒ぎだ。あちらこちらで、子供たちの悲鳴や泣き声が上がっている。

「族長、いったい何が起こったんですか!?」

「ありゃ、本物の龍ですかい？」

口々に問いかける人々には目もくれず、氷咲は空を見つめ続けた。龍の喉から上がる鳴き声はまだ止まらない。

「龍が鳴いてるよ！」

「怖いよー！」

その場にいた誰もが、恐れおののいていた。しかしなぜか氷咲だけは、その鳴き声の意味を正しく理解することができた。

――迎エニ来タ、氷咲。

「なぜ……」

氷咲の唇から凍えた吐息を吐き出すような震える声が漏れたのを、側にいる誰も聞くことはできなかった。

それほどまでにかすかな、小さな、自分にしか聞こえないほどの声だったのだ。

「なぜ……ここに……」

「族長？」

「族長、泣いてるの？　大丈夫？」

氷咲を呼びに来た少年が、心配そうに手を握ってくる。周囲にいた他の人々も、気遣わしげに氷咲を見つめる。

やがて氷咲の目から、音もなく熱い雫がこぼれ出した。

それは彼女の龍気によってすぐに硝子玉《がらすだま》のような氷となり、雪の積もった地面に落ちていく。宝石のような煌めきを目から流しながら、氷咲は首を更に上げて、上空の龍を睨みつけた。

「なぜ、貴方がここにいる!!」

山々を震わすような、大きな声だった。人々が驚き、ざわつく。少年が驚いたように氷咲から離れる。

多少怒鳴った程度で、氷咲の怒りは収まらなかった。

大地を蹴って宙へと舞い上がった彼女の背中から、翼が現れる。翼を羽ばたかせて龍の側まで行くと、氷咲は自分の身体の五倍はあろうかという龍の顔を、拳で殴りつけた。

「こんなところまで何をしに来たんだ！　迎えに来ただなんて、愚かにもほどがある!!　貴方は、華炎族の姫と華燭の典を挙げられたのだろう!!　こんなところまで来ていいはずがない!!」

泣きながら、怒りながら、何度も龍の顔を拳で殴りつける。しかし、皮膚の表面を硬い鱗で覆われた龍に痛みを与えることなどできるはずもない。むしろ氷咲の拳のほうが赤く染まり、このままだとすり切れてしまいそうだった。

龍はくるくると鳴きながら焦ったように首を反らすと、氷咲の拳から逃れようとした。それでも氷咲は、殴るのをやめなかった。

「今すぐ帰られよ！　ここは貴方の来るべき場所ではない、早く城へ帰って、后と――」

「氷咲」

龍が光を放ったかと思えば、その輪郭が徐々に小さくなり、形を変えていく。やがて光が消えたとき、そこには赤い翼を羽ばたかせながら氷咲を抱きしめる、緑の瞳をした男の姿があった。

翼ごと抱きしめられたせいで、氷咲には逃れるすべがない。

「や、やめろ……放せっ」

「放さぬ。言ったであろう、そなたを迎えに来たと」

「わ、私はもう、貴方の指南役ではない！　迎えに来たなどと……そんなことを言われる理由《いわれ》は、どこにもない！」

「ああ、確かに指南役ではないな」

言いながら、雷零は氷咲の喉元に軽く噛みつく。発情を促すほどの強い力ではなかったが、思いも寄らぬ行動に目を丸くした。そんな氷咲の目を正面から覗き込み、雷零が今にも泣きそうな情けない笑みを浮かべた。

「氷雪族長氷咲よ。願いがある。余はそなたを妻にしたい。……どうか頷いてくれ」

「……！　馬鹿、頷くはずがないだろうが!!」

目尻を真っ赤に染めながら、氷咲は雷零を罵倒した。

「貴方は正真正銘の大馬鹿だ！　貴方の妻はもう既に別の方がおなりだろう！　それとも何か、私を妃にでも据えて、貴方と皇后が共にある姿を側で一生眺めていろと!?」

「妃ではない。余の、一生涯ただひとりの后として……。ただひとりの、つがいとして、傍にいてほしい」

雷零の手が、そっと氷咲の頭を撫でる。

その手つきの柔らかさに一瞬目が潤んだのを見抜かれまいと、氷咲は慌てて俯いた。

「貴方にとって重要なのは、皇后陛下との間に御子をもうけ、次代の皇帝を育むことだ！それは私……私では、駄目なんだ。私は、子を産めない身体だから……！」

「なんだ、そんなことか。弟たちの息子の中から誰かを養子にすればいいだけの話だ」

「な!?　そんなこととはなんだ、国の未来に関わる問題だぞ」

予想だにしない返しに、氷咲は目を剝いた。

皇帝の実子でなく、近しい親族から取った養子が後嗣《こうし》となるのは、あり得ない話ではない。しかしそれには、廷臣たちの同意が必須となる。そんな簡単な話ではないはずだ。

それなのに。

「余は、そなたさえ側にいてくれればいい。そなたを愛しているのだ。龍気だとか、子供だとか、そんなものはどうでもいいと思えるほどに」

「陛下……」

「余にとって、未来とはそなたと歩む人生のことだ。そなたのいない未来など、余にとっては不幸なだけだ」

まっすぐに告げられた愛の言葉に、胸の奥がぐっと熱くなる。氷咲は唇を噛みしめ、俯いた。そうでもしなければ、自分も彼を愛していると言ってしまいそうだったから。

それなのに、雷零は氷咲をどうしても逃がしてくれる気はないようだった。

「難しく考えなくていい。余の側にいたいか、いたくないか。それだけだ」

悪戯っぽく笑った雷零の言葉の、なんと卑怯《ひきょう》なことだろう。そんなもの、答えは決まっているではないか。

「氷咲、どうか后になってくれ。でないと余は、子供のように泣いてわめいて、そなたが頷くまでここから帰らない。余はしつこいぞ。それでもいいのか？」

いいわけがない。

氷咲は誰より、雷零の幸せを願っていた。それなのにこの男は、氷咲が側にいないと不幸せだと言う。

「――っ！　貴方は、……大馬鹿者だ。そんな、子供のような我侭が通るとでも思っているのか」

「通る。なぜなら余は、この国の皇帝だからな」

自信たっぷりに言い放たれ、毒気を抜かれたような気持ちになった。

思えば氷咲は雷零の、こういう無邪気なところが一番好きなのだった。

「氷咲、あとのことは何も心配するな。そなたはただ、頷くだけでいいのだ。余の、后になってくれるか？」

雷零の背に手を回したまま、氷咲は彼の肩に顔を埋めた。一番欲しかった言葉。会いたかった人。自分も少しくらい、我侭になっていいだろうか。

「私で、いいのなら……」

「そなたがいいのだ」

迷いのないその言葉に、今度こそ涙を堪えることができず、目から溢れ出した氷の粒が雷零の肩を伝ってこぼれていく。

「氷咲、泣くな」

「泣かせているのは貴方だろう」

「そうだな、否定はしない」

ふ、と笑い声を漏らし、雷零は氷咲を抱えたまま徐々に下降していく。冷たいけれど温かい涙を流す氷咲は、地に足をつけてもまだ浮かんでいる気持ちだった。

集っていた人々は、雷零の姿に一斉にその場に跪いた。先ほどまでは混乱の渦に包まれていた人々だが、この国で完全なる龍の姿をとることができる人物の正体に、ようやく思い至ったらしい。

そんな中、物怖じせず雷零に近寄ってきた人影があった。

例の腕白《わんぱく》少年だ。

「おじさん、何族長を泣かせてるんだよ!!」

雷零の足を遠慮なしに踏みつけ、雪玉を投げる少年に、慌てたのはその子の父親だ。青ざめながら、急いで息子を皇帝から引き剥がす。

「わーっ！　馬鹿!!　お前、このお方はな!!」

「いや、いい」

鷹揚《おうよう》に言い、雷零は少年の頭に手を置いた。そして父親がハラハラする中、苦笑しつつこう言ったのだ。

「すまぬな、少年。この先は一生、彼女を笑顔だけにすると誓おう」

きょとんとする少年の周囲で、その雷零の言葉を聞いた大人たちの間からわっと祝福の歓声が上がる。

それはやがて、恥ずかしさに居たたまれなくなった氷咲が「見るな!!」と叫び声を上げても、長いこと続くのだった。

§

その後、雷零は氷咲の屋敷で、彼女が後宮を去った後に起こった出来事を順序立てて説明した。

事情を聞いた氷咲は、もちろんすぐには納得しなかった。

それもそうだろう。厳正なる儀式で不正が行われていただとか、その首謀者である炎雄は既に牢獄に入れられているだとか。

その上、自分の身に流れる龍の血が実は濃かったなどと知らされたのだ。色々なことが起こりすぎて、理解が追いつかなくても無理はない。

「恐らく取り替えられた布は、紅彩とそなたのもので間違いないだろう。皇宮へ戻ったら、改めて呼龍之儀を行おう」

「もちろんかまわないが、もし、私の龍気が弱かったら……」

「それは絶対にないが、もしそうだとしてもかまわぬ。先ほど言ったであろう？　龍気など関係なく、余がそなたと共にいたいのだと」

そんなことより、と雷零は氷咲の両手を握り締める。

「氷咲、会いたかった……」

愛おしさが込み上げ、そのまま彼女の唇を塞ぐ。そうしてひとしきりぬくもりを堪能した後、雷零は氷咲の目を覗き込みながら微笑んだ。

「――そなたが後宮を去る前夜、共に食べた桃の意味を、氷雪族出身の者から教えてもらった」

「わ、忘れてくれ……。ほんの出来心だったんだ」

氷咲が恥ずかしそうに顔を覆い、耳まで真っ赤に染める。

「むう……」

初心《うぶ》なその仕草に胸が甘酸っぱくときめき、雷零は思わず唸《うな》っていた。

「氷咲、可愛い」

不器用で、わかりにくい愛情を示す彼女が、愛おしくてたまらない。

思わず頬ずりをすると、氷咲が焦ったように身をよじる。

「お、おい……迫るな」

「氷咲が可愛いから悪いのだ」

「せ、責任転嫁というのだ、そういうのは」

「責任転嫁だろうとなんだろうと、氷咲が可愛いことに間違いはない」

「ばか……、そういうことではなくて……うっ……」

唐突に、氷咲が口元を覆った。彼女は青い顔をしたまま奥の部屋へ引っ込んでいき、しばらくして、具合の悪そうな顔をして戻ってくる。

「すまない、このところ調子が悪くてな。久方ぶりの白麗山の寒さに、身体がついていけていないのだろう」

初めはぽかんとしていた雷零は、ふとその可能性に思い至り、慎重に言葉を選びながら問いかける。

「吐き気は何日くらい続いている？　他に症状は？　熱っぽいとか、よく眠くなるとか」

「……どうしてわかった？」

どうしても何も、それらの症状はどう考えても。

「医師はどこだ」

「え……診療所にいると思うが。まさか、このくらいで医者を呼ぶつもりか？　少し体調を崩したくらいで、大げさな――」

「今すぐ医師を連れてくる。氷咲はそこでじっとしていろ。いいな？」

真剣な口調で言えば、氷咲はその迫力に呑まれたように無言で頷く。

雷零は屋敷を出ると、里の人々に片っ端から声をかけ、診療所を探し当てた。

診療所の扉を大きく開け放つと、驚愕に固まる医師を半ば強引に連れ出し、担いで屋敷まで戻る。

そうして診察を終えた医師は、雷零が予想していた通りの診断結果を告げた。

「――おめでとうございます、ご懐妊ですよ」

氷咲は硬直し、信じられないものを見るような目で自分の腹部を見つめる。

「……妊娠？　私が？　だが先生、私は前の夫との間に子を授かることができずにいて――。だからてっきり、子を望めない身体だとばかり……」

困惑する氷咲に、医師は「これは私の推測ですが」と前置きして、説明を始める。

氷咲は龍の血を濃く受け継いだ女だ。それゆえに強大な力を持つ。

対して彼女の前の夫は、誰の目から見ても明らかなほどに凡庸《ぼんよう》な男だった。つまり、龍の血が薄いのだ。

元々龍は、強い雄が弱い雌を孕《はら》ませることはできても、弱い雄が強い雌を孕ませることができない生き物だ。

子種が、強い血に負けて死んでしまうからだ。

人との血が混じって龍の血が薄れた現在ではそのようなことはないと思われていたが、氷咲の力は氷雪族歴代族長の中でも桁外《けたはず》れに強い。それゆえに、前夫の子種が胎内で実を結ぶことがなかったのだろう。

しかし、氷咲の中に流れる龍の血に匹敵する力を持つ相手ならば、話は違ってくる——と。

「つまり、お相手が陛下であったからこそ、なしえた奇跡だということかと」

しばらく呆然としていた氷咲だが、じわじわと、その事実を実感し始めたのだろう。

そっと己の腹部に触れ、雷零を見上げた。

「雷零……私たちの子が……」

「ああ、氷咲。余と、そなたの子だ……！」

雷零もまた、氷咲の手の上に己の手のひらを重ねる。

氷咲さえいれば、子供などいなくてもかまわないと思っていた。

けれど、まだ平らな腹の中にいるであろう我が子を思うと、これ以上ないほどの多幸感が胸を満たした。

そしてそれは、氷咲も同じようだった。

「こんなに幸せでいいのだろうか」

「当たり前だ。それに、これからはもっともっと幸せになれる。余が、そなたと腹の子を幸せにしてみせる」

確かな誓いに、氷咲の瞳からまた涙がこぼれる。

涙を指先で拭いながら、雷零は優しく微笑んだ。

窓の外では白い雪の花が、ふたりを祝福するように静かに地上へ舞い降りていた。

終章

その後、雷零《らいれい》は氷咲《ひさき》を連れて皇宮へ戻った。

彼女を皇后とすることに反対の声が上がらなかったわけではないが、元より皇后となるに申し分のない身分の持ち主である。

改めて行われた呼龍之儀で示された血の濃さと、何より腹の中ですくすく育つ子が、それらの声を退けてくれた。

更に、晨雨《しんう》も反対派の声を鎮《しず》めるのに一役買ってくれた。

冬心《とうしん》を始めとする女官や宮女たちが、氷咲の帰還を大いに喜んでいるのを利用し、反対派を説得したのである。

曰く、後宮のことは誰より女たちがよくわかっている、と。

ほんの二ヶ月足らずの滞在でこれほど慕われるということは、氷咲は人心掌握術《じんしんしょうあくじゅつ》に長《た》けた、皇后に相応しい人格者であると。

そうして慌ただしい日々が過ぎゆく中、氷雪族では新たな族長が立った。

氷咲の親戚であるその男は、一族の者たちからの信頼も厚く、誠実で頼りがいがあると評判だ。

『まあ、氷咲さまほどお強くはないですが、なんとか上手くやっていらっしゃいますよ。皆も元気に過ごしております。

追伸　陛下と離縁したくなったら、いつでも戻っていらしてください』

白麗山から届いた梅花の手紙に、氷咲は大笑いし、雷零は渋面になっていた。

そうしたさまざまな出来事が落ち着いた頃、雷零と氷咲はようやく華燭を灯《とも》すことができた。

妊娠がわかって三月目《みつき》のことである。

龍人族の妊娠出産は、人間族のそれより早く進む。

氷咲の腹は既に大きくせり出していたため、ゆったりとした婚礼衣裳に身を包み、盛大な宴は控えることとなった。それでも美しく着飾った氷咲と共に誓いの杯を交わす雷零は、非常に満足そうであった。

また、雷零は婚礼に際し、炎雄《えんゆう》以外の華炎族長一家に対し温情を与えた。

炎雄の犯した罪の重さを考えれば、一族郎党罪に問われても仕方がない。しかし、新たに皇后となった氷咲が、それではあまりにも憐れだと訴えたのだ。

もちろん罪は償わなければならない。しかし、炎雄の暴走に巻き込まれただけの者たちまで罰せられるべきではない——と。

皇后の働きかけによって救われた華炎の一族は、そのことに深い感謝の念を抱き、皇帝への忠誠、そして彼女の故郷である氷雪族の里への恒久的な支援を約束したのであった。


それから二月《ふたつき》後、雷零と氷咲の間には女児が誕生した。

跡継ぎとなる男児でなかったことに落胆する者もあったが、氷咲にとっては可愛い我が子だ。

それに雷零も、母子ともに健康であれば、子が男であろうが女であろうがどちらでもよいと言ってくれた。

父から赤い髪を、母から金色の瞳を受け継いだ皇女は、雷零によって天鈴《てんりん》と名付けられ、それはそれは大事に育てられた。

龍の血は強く、幼いながらも背中から白い羽を出現させることのできる皇女の誕生に、国中が祝いの空気に包まれる。

その報せは遠く白麗山にも届き、梅花を始めとする一族の者たちは夜通し、お祭り騒ぎだったそうだ。

そして更に三年後、世継ぎの御子となる皇子が誕生した。雷仁《らいじん》と名付けられた彼は、後に父を凌《しの》ぐほどの力を持つ皇帝となり、五龍国に更なる繁栄をもたらした。

百二十年の長き時を生き、後に起きた人間との戦乱を収めた彼は、子宝には恵まれなかった。そのため、彼の次の皇帝としては姉の天鈴の子孫が立った。

雷仁は後の世で『長命帝』と呼ばれ、五龍国最後の、龍の姿を取れる人物として、その名を歴史に広く知られるようになる。

五龍国史記にはこうある。

・

――第三十四代皇帝雷零が御世、穏やかかつ平らかなりて、安寧の内に民を守りき。

民ぞ皆、皇帝を慕ひて後に祀《まつ》りたる。

帝が御子は三人、后との愛子《まなご》にて、嫡子雷仁、第三十五代皇帝に立つ。

雷零帝、賢后の文へによりて九十年の世を治めて後、二十年先んじて没せし皇后氷咲と共に眠りたり――。

§

空高く飛ぶ鳥に、小さな赤子が手を伸ばす。

「雷仁、どうした。鳥が欲しいのか」

「空を飛びたいのであろう。ほら、雷仁」

這い這いしていた息子をひょい、と持ち上げ、雷零が天へと捧げるように高く掲《かか》げた。

赤子はきゃっきゃと楽しげな笑い声を上げ、目線が高くなったことに喜んでいる。その背中には、真紅の翼が生えていた。

「この子もいずれは空を飛ぶようになるのだろうな」

「まだ一歳なのだぞ。我が夫は気が早いことだ」

「とーたまは、きがはやいことだ」

氷咲の腕の中で抱かれていた、今年四歳になったばかりの天鈴が氷咲の口調を真似る。

思わず顔を合わせて笑う氷咲たちのもとへ、天高く飛んでいた夢藍《むらん》が旋回しながら舞い降りてくる。そのくちばしには折りたたまれた紙を加えており、広げて目を通した氷咲が

途端に破顔《はがん》した。

「どうした、何が書いてあるのだ」

「太保からだ。紅彩殿が無事出産を終えたと」

紅彩は出産のためしばらく実家へ戻っており、間もなく生まれるということで、晨雨も彼女に付き添うため華炎の里へ赴いていたのだ。

「それはめでたい！　すぐに祝いの品を贈らねばな。それで、女の子か、男の子か」

「男の子だそうだ」

氷咲が楽しげに笑う。

どうしたのかと問う雷零に氷咲は笑いを堪えきれない様子で言った。

「いや、天鈴と年の釣り合いもいいと思ってな。ちょうど、私と貴方と同じ年齢差だろう。そのうち、結婚するなどと言い出すかもしれないぞ」

「なっ!?　晨雨の息子などに天鈴はやらぬぞ！　天鈴は、ずっと余のもとにおればいいのだ！」

親馬鹿ぶりを発揮する雷零の言葉に、氷咲はますます笑いを抑えきれなくなって大笑いをしてしまう。

笑い声はどこまでも高らかで、青い空へと響き渡る。

氷咲につられ、雷零までおかしくなって笑い出してしまった。そんな両親を、天鈴と雷仁は訳がわからないという表情で、きょとんと見つめていた。

やがて笑いを収めた氷咲は、娘を右腕に抱いたまま、左手で夫の右手を握り締める。慈愛に満ちあふれた視線を雷零に向ければ、同じくらいの愛を乗せた視線が返り、交わった。

「雷零」

「ん？」

「私は貴方に出会えて幸せだ。……ありがとう」

「いきなりどうしたのだ」

「いきなりではない、日頃から思っていることだ」

雷零に出会えて、氷咲は幸せを知った。

この幸せは、これからもきっとどんどん積み重ねられていくことだろう。

雷零だけではない。天鈴や、雷仁——そして。

「雷零、……三人目ができた」

「！　ま、真か！　氷咲、でかした!!」

氷咲の言葉に、顔を喜色に染めた雷零が、抱いていた雷仁を冬心にあずける。

何をするつもりなのかと見ていると、彼はそのまま天鈴ごと、氷咲を抱き上げた。

急に高くなった視界に目を丸くしていると、氷咲の腕の中で天鈴が「とーさま、たかいたかい!!」と言って大喜びする。

「愛している！　愛しているぞ、氷咲!!」

「だから、そういうことを大きな声で言うなというのに!!」

冬心たちの微笑ましげな視線を受け、頬が熱くなった。しかし、手放しで喜ぶ雷零の姿を見ているうちに、細かいことなどどうでもよくなってくる。

呆れ笑いを浮かべつつも、氷咲は彼の抱擁を受け止めた。

そして雷零の興奮が収まり、ようやく大地に足が戻った頃。ふたりはどちらからともなく唇を寄せ合い、長い長い口づけを交わす。

それは雷仁が泣きわめいて文字通り水を差すまで、離れることはなかった。

あとがき

こんにちは。白ケ音雪《しろがねゆき》と申します。

このたびは『五龍国戀夜《ごりゅうこくれんや》』をお手に取ってくださいまして、誠にありがとうございます。

ソーニャ文庫さん二冊目となる本作、お楽しみいただけたら嬉しいです。

今回は大好きな中華風異世界が舞台。更に「年上ヒロイン×ワンコ系ヒーロー」「男装の麗人」「閨房指南役」と、好きな要素詰め放題欲張りセットで書かせていただきました。

本作はムーンライトノベルズというサイトで連載していた作品を元にしているのですが、ソーニャ文庫さんから書籍化していただくにあたって、かなり加筆修正しております。その辺りの変化も楽しんでいただけたら嬉しいです。

年上ヒロインに翻弄される年下ヒーロー、いいですよね……？（同志への呼びかけ）

雷零《らいれい》が氷咲《ひさき》の言動にドギマギするシーン、書いていてとても楽しかったです。

また、脇役である晨雨《しんう》と紅彩《こうさい》のエピソードもお気に入りです。このふたりだけで一冊書けるんじゃないかな、なんて妄想してみたり。

さて、本作のイラストは、津寺里可子《つじりかこ》先生にご担当いただきました。

実は以前から津寺先生の作品をいくつか読ませていただいており、まさか表紙を描いていただけるなんて……と感激しました。赤と黒の対比が鮮やかな表紙や、素敵な挿絵の数々、本当にありがとうございます。執筆中、何度も先生のイラストを眺めておりました。

また、再び本作と関わる機会を下さった担当編集のH様、ありがとうございます！　久しぶりに彼らと会えたような、懐かしい気持ちになれました。

そして「古文わからない……」と泣きついた結果、親身にご相談に乗ってくださったH先生、とても助かりました。

最後に、本書をお手に取ってくださった読者の皆さまへ、心より感謝申し上げます。

願わくは、また次の物語でお目にかかれますように。どうかそれまで、皆さまご自愛くださいませ。

白ヶ音雪

この本を読んでのご意見・ご感想をお待ちしております。

◆あて先◆

〒101-0051
東京都千代田区神田神保町2-4-7 久月神田ビル
㈱イースト・プレス　ソーニャ文庫編集部
白ヶ音雪先生／津寺里可子先生

五龍国戀夜《ごりゅうこくれんや》

2023年10月6日　第1刷発行

著　　者　白ヶ音雪《しろがねゆき》
イラスト　津寺里可子《つじりかこ》
装　　丁　imagejack.inc
発 行 人　永田和泉
発 行 所　株式会社イースト・プレス
〒101－0051
東京都千代田区神田神保町2－4－7 久月神田ビル
TEL 03－5213－4700　FAX 03－5213－4701
印 刷 所　中央精版印刷株式会社

ISBN 978-4-7816-9752-9

Sonya ソーニャ文庫の本

『あなたが世界を壊すまで』　クレイン

イラスト　鈴ノ助

Sonya ソーニャ文庫の本

『夜叉王様は貢ぎ物花嫁を溺愛したい』

八巻にのは
イラスト 氷堂れん

Sonya ソーニャ文庫の本

お前の罪ごと、貪っていたい。

幼い頃、第一王子ジルベールの婚約者となった公爵令嬢レティシアは猛毒を持つ獣に襲われる。彼女を鋭い爪から庇ったジルベールは、獣の毒に侵されてしまい……。十一年後、レティシアは離宮で暮らすジルベールの世話をしながら、彼の「獣性」をその身で鎮めることに、切ない喜びを感じていた。ある日、ふたりだけの閉じた世界に変化が投じられて……。

『愛に蝕まれた獣は、執恋の腕で番を抱く』

宇奈月香

イラスト 園見亜季

Sonya ソーニャ文庫の本

『その傷痕に愛を乞う』 小出みき

イラスト 小禄

Sonya ソーニャ文庫の本

王配ではなくあなたの夫になりたいのです。

レバール王国の若き女王ディアナ。感情の起伏のない『人形女王』として嘲られ侮られている。王配であるニコラウスを失ったが、悲しみをあらわにする母マルグリットに激しく罵られても、彼女の感情が動くことはなかった。その彼女の心を大きくゆさぶり動かしたのは、幼馴染であり、かつて王配候補であったハインツ・キッテルとの再会。王配を亡くしたディアナは新たに夫を選出しなくてはならなのだが、王配になることを厭うていたはずのハインツがなぜか再婚相手に自分を選んでほしいと言い出して――。

『人形女王の婿取り事情~愛されているとは思ってもいませんでした。』

イチニ

イラスト なおやみか

Sonya ソーニャ文庫の本

愛執の鳥籠
白ヶ音雪
Illustration 鳩屋ユカリ
死ぬ時は俺も一緒ですよ——
俺だけの姫さま
黒髪赤目という容姿のせいで『ばけもの』と蔑まれる第二王女シルフィアはとって、幼い頃から側にいる護衛騎士オルテウスだけが心の拠り所。だが女王暗殺を共謀した咎人としてシルフィアは投獄され、助け出してくれたはずのオルテウスに強引に身体を暴かれて……。
Sonya

『愛執の鳥籠』 白ヶ音雪

イラスト 鳩屋ユカリ